时光留痕

言农 —— 著

黄河出版传媒集团
阳光出版社

图书在版编目（CIP）数据

时光留痕 / 言农著. -- 银川：阳光出版社，
2021.11

ISBN 978-7-5525-6152-4

Ⅰ.①时… Ⅱ.①言… Ⅲ.①散文集－中国－当代
Ⅳ.①I267

中国版本图书馆CIP数据核字（2021）第234914号

时光留痕   言　农　著

责任编辑　申　佳
封面设计　圣立文化
责任印制　岳建宁

黄河出版传媒集团
阳　光　出　版　社　出版发行

出 版 人　薛文斌
地　　址　宁夏银川市北京东路139号出版大厦（750001）
网　　址　http：//www.ygchbs.com
网上书店　http：//www.shop129132959.taobao.com
电子信箱　yangguangchubanshe@163.com
邮购电话　0951-5014139
经　　销　全国新华书店
印刷装订　四川立杨彩色印务有限公司
印刷委托书号　（宁）0022097

开　　本　700mm×1000mm　1/16
印　　张　14
字　　数　160千字
版　　次　2021年11月第1版
印　　次　2022年1月第1次印刷
书　　号　ISBN 978-7-5525-6152-4
定　　价　58.00元

言农的恋农、亲农、悯农及其他

（代序）

◎ 邓泽功

时隔几年，勤奋作家言农的又一本集子《时光留痕》即将付梓出版，可喜可贺！首先贺喜的不是其创作速度，而是感其年过天命，仍然保持创作热情，怀揣火热之心，笔耕不辍，走到哪里写到哪里。仅此，即可看出，他切切实实是把自己奉献给了心爱的文学！若说文学是他人生追求的终极目标，应该是贴切的。

按一般人的心态，作者做了多年的行政工作，后来还是一个镇的党委书记，属于体制内、主渠道上退下来的人，可以"一半清醒一半醉，眯着眼睛打瞌睡"，过闲云野鹤的日子了，可是他偏要睁大眼睛看，开动脑筋想，敲打键盘写，行文如流水，让一篇篇大作很快呈现在世人眼前。

纵观言农集子里四十余篇文章，比之原来的文章，不仅突破了"千字文"的格局，而且涉及面更广，情感更浓，见地更深。看完作品，他对乡土的深情、对底层的悲悯，更使人感动。不少篇章，不但可读，而且耐读，令人回味。

在所有的文字里，游记篇幅最多，显示出他对生活的热爱。

很多篇游记里充盈着作者一种放松心情后的引吭高歌。千里追寻，蹑屩担簦，钟情山水，锦绣玉缀。文章里布满绮藻丽句和诗情画意，避开浅薄平庸、兴味枯索的简单描述。字里行间，但见杨柳依依、雨雪霏霏。虽为懔懔怀霜之行，确有眇眇凌云之心。一两寸之鱼，三两竿之竹，白鹅红鸡，残叶旧莲，在作者笔下都别有一番韵味。他描述的巴山大峡谷，骨立嶙峋，危险惊心："峡谷深处，呈现一幅气势恢宏的水墨画廊。几座山的侧面岩石，恍惚水墨画纸。岩石上随性生长着笔走龙蛇的植被或粗粗细细的蔓藤。真是点'墨'成画……""壁立千仞的山崖划出道道刀痕，似乎在诉说远古时代的沧桑岁月……""连接溪河两岸的绳索木板桥和对岸翻山越岭的陡峭石阶，你可以想象当年乡亲的生活。看到山石肌理，仿佛千年历史刻下千重印记，总是引发我们对生活无尽的思考。"描写新疆坎儿井的浩繁艰巨："天山融雪冰冷刺骨，工人掏挖暗渠时，有时要跪在冰水中挖土。要挖出一条暗渠，不知要付出多少苦力和艰辛。想想，心都为之一颤。"但见重庆酉阳龚滩镇的特立古朴、深邃沉静："突然一堵高大的建筑豁然眼前。它是砖石砌成的灰色墙体建筑，秦汉砖瓦结构，檐角翘起，气势雄伟，色彩淡雅。门上'西秦会馆'字正笔端，院内庭院深深，疏影横斜，花草植物自由生长，掩窗映柱。有的爬满高墙，有的伸出窗外，赋予生机与灵气。"游历厦门，感叹鼓浪屿的从俗浮沉，风和鸥鸣。在看了郑成功纪念馆后，"回想他抗清，驱逐荷夷的戎马一生，心生敬仰"，感受到了"浸润着这个岛屿的音乐文化……似乎鼓浪屿整个岛上曼妙的音乐声起"，在看了岛上各种不同文化留下的遗存后，由衷地赞叹厦门人"既正视历史，尊重文化的选择，又体现出包容的胸怀和开放的态度，其意义远远不限于铭记"唯物主义历史观。

作者在基层工作多年，经过岁月的磨砺，对题材的挖掘，章节的铺排，个性的彰显，文字的锤炼，方方面面都有提高。

与绝大多数中国作家一样，言农的作品仍然把眼光放在了农村和故土上。回味农耕，追忆乡恋，字里行间始终没有离开乡土，没有淡化乡愁。故乡永远是他心中的圣地，是其今生的心灵栖息地，更是他涌流不断的创作源泉。文中所歌唱、所挥泪、所针砭、所回味的一切，都与和故乡多年亲密接触留下的记忆紧紧相连，显现出一个生于斯、长于斯的游子的人性回归和灵魂依托。

作者记录了村里那些旧识们真诚的问候，声声蛙鸣，小鸟的啁啾，三声两声犬吠，七长八短牛哞。即使他不是有意描写人物，更不是小说那样特意地塑造，但有时会突然不经意地把一个人物带到你的面前。"这时，梯田坎下一个'小不点'朝上爬来。她是一个个子矮小的女人，穿一件蓝色涤卡衣服，背一个背篓……"作者问："多少岁了？"小女人回答："明年满七十了……你老汉过生，你那次来我院子里都没有请我，我一直想不通，我再穷，也要来凑个热闹啊。"寥寥几句，就像画家不经意的几笔速写，活脱脱的一个艰难度日的农村老妇，及其生活的艰辛、情性的质朴展现在读者面前。泽华哥和萍姐，也很典型。作者写他俩的勤劳、善良，描述泽华哥心灵手巧制作砖瓦，妻子乐于助人勤耕苦做，可是读者的愉悦很快又被人物的苦难击碎……

记得20世纪郭沫若在评唐代诗人杜甫时撰写过这么一副对联：世上疮痍诗中圣哲，民间疾苦笔底波澜。的确，歌颂文字大都昙花一现，即使有少数传世，也大多看重其写作的构思巧妙或者辞藻华丽。倒是那些反映苦难的篇章更加久远地保留在一代代人的记忆里。

是的，历来传世的文章都是有思想、有见解、有情感、有才情的。读完言农的《时光留痕》，我感到在这之外，还充斥着"史"的性和德。文中有意无意对当下农村的一些真实记载，具有一定的史料价值。这使言农的作品更经得住时间的检验。文学作品中有这种"史"性的存在，可以丰富内涵、补苴罅漏、正本清源。就文学本来的功能来看，这是允许的。美国学者韦勒克·沃伦主张，文学"可以被历史学家当作社会文献来使用"。在鲁迅的眼里，一本常人认为"儿女情长的"《红楼梦》，里面保存的"史趣"是多样的，有经学家的"易"，有道学家的"淫"，有才子佳人的"缠绵"，有革命党人的"排满"，还有流言蜚语的"宫闱秘事"，这是由读者不同的审美和视角决定的，是允许存在的正常现象。作为同时代的人，我和作者一地出生，经历大体相同，读了其中一些篇章，明显处于一种"经验享乐"的状态。

作品里另一个"史"的痕迹是道路和村舍。在多篇文章里，作者提到农村的水泥公路像"黑绸延伸"，弯弯曲曲的公路"通到了农舍"。在今昔对比中，把以前赶火车定义为"挤火车"，现在才真的是"坐火车"。提到民居，抱怨"以前的三合院、四合院被拆得七零八落"，没有了"当年聚居时院里人一起串门嬉闹"的场景。新建的楼房"零零散散""错错落落"，"从来没有规划"……

另有一种隐形的"史"也被我感受到了，就是过年时候的春联。在这一集的所有文章里，作者没有着一个字描述当下农村过年的景象，更没有写过年喜气的标志——春联。

言农的文章也有许多"论"。这和当下新脸谱文章中的旧调门形成鲜明对比，颇有几分批判现实的味道。

作者纯真的本质，对工作一以贯之的热情和认真，文如其人。这不仅值得发扬，而且值得读者学习。后来者应该会把它看成作者个人的精神遗产吧。

谨序。

2020年10月于成都

目 录

CONTENTS

人生旅途

岁月生活

亲情友情

南腔北调

读书评论

附录

人生旅途

RENSHENG LVTU

行走巴山大峡谷

江山如此多娇，祖国风景如画，地质构造的演变为人类呈现了万千景象。水的清澈，峰的挺拔，谷的秀丽，洞的深邃，组合成或气势磅礴或幽静秀丽的自然山色。而宣汉巴山大峡谷就是大自然在天地巧夺天工的杰作，以瀑高、峰险、山奇、石怪、水清、洞幽、禽珍、兽异构成一条世界上罕见的山水画廊。大自然的鬼斧神工造就了如此佳作，经过宣汉人民浓墨重彩的描绘，让深藏闺中羞羞答答的窈窕淑女，露出神秘面纱，以一种特有的风采，展示于云海变幻的天地之间。一时间人们欢呼雀跃，蜂拥峡谷，为一睹她的绰约风姿和妩媚风情而兴奋。

巴山大峡谷又名宣汉百里峡，距我生活工作之地100多公里。10年前，我因为练车而记住了这个名字。那个时候，我与同事一起在绵延蜿蜒的峡谷练车，当时一心扑在提高车技上，全然不顾峡谷奇峰的秀美灵气。峡谷风景"养在闺中人未识"，我只记住了沿途的南坝、土黄、官渡等闻名乡镇。而今峡谷"回眸一笑百媚生"，被各大媒体，特别是对宣汉地域文化特色的宣传，让人心驰神往。夏季周末，相约8人，驾车从达川出发，飞驰在川东北大巴山南麓的公路上。

夜宿苦村

巴山大峡谷位于宣汉东北方向，与重庆城口相邻。过了宣汉南坝，我们在山谷中穿行，一路山岭交错，沟壑纵横，山清水秀，风光旖旎，因为计划第二天赏景游玩，所以路上并不着急，时走时停。远山如黛，近水如绸，村庄高低错落，场镇风光独特，一幅幅山林秀丽的画面在眼前一掠而过，沿途"巴山大峡谷"的路标牌和宣传牌就像兴奋剂，让我们异常亢奋。宣汉是深丘地带，高山低谷，纵横错落，并无规律，有时层峦叠嶂，有时犬牙交错。达川至宣汉巴山大峡谷，山势由低向高，海拔逐渐升高，湿润气候决定了林木繁茂、植被青绿，一条或宽或窄的河流，在山峦树林间，清澈碧绿、波光粼粼，缓缓流来，犹如一条细软的绸带。越往山里走，越多的施工场地：道路美化、场镇风貌、景观打造，如火如荼、热火朝天地干着，到处洋溢着热情的火焰。

我们赶到巴山大峡谷入口时已经是日薄西山，往里还要走几十公里，道路蜿蜒盘旋，路面干净整洁，如一条黑带在谷中飘逸，傍晚7点左右，才赶到事先计划的苦村岔路口。按照苦村道路指示牌，我们翻山越岭，峡谷最深处，一座崭新的村寨出现在眼前，原来这里隐藏了一个聚居村落。村寨依山而建，纵向一字排开，两楼一底，两户一幢，风格风貌设计统一，具有浓郁的地域特色，让人眼前一亮。看到寨子里来来往往很多游客，楼房前停满了来自各个市区的车辆，我们唯恐没有房间住宿，下车即紧锣密鼓地联络，订好房间心才安。

这是以前的山寨，巴山大峡谷的开发经过重新设计，建成了食、宿、玩一体的特色新村。寨子房屋融入了汉代建筑风格，中原殿阁造型，有楼阁、台榭，门、窗仿古方格，房屋虽是砖石结构，但屋檐多用水泥塑成或砖瓦垒砌，四角向上高高翘起，形如飞鸟展翅，体现了土家族的情调。房屋面前是一条溪流，山水流经小溪，水声潺潺，灵动而鲜活，仿佛山寨村落的锦绸罗缎，门前河水环绕，方便住户洗衣取水，寓示财源滚滚、子孙代代不息。

点了坨坨肉、豇豆炖腊猪蹄、蛋卷包米豆腐等土家菜，西北望要来一壶包谷酒，说来了不喝土家族自酿的酒算是白来了。同行者符纯荣诗人再三推辞，不敢饮酒的我只能小酌助兴，边吃边喝，边喝边聊，大家在一起好像总有说不完的话题。结束了晚餐，我们结伴沿寨子公路向深山里走去。只见山峰头顶一轮明月，像肤如凝脂的女子，清辉纯净，里面又好像有玉兔，那是不是嫦娥的行宫？我们像孩童般雀跃，一步两抬头，想跳起伸手摘取头顶的皎洁圆月。走至半山腰，杳无人迹，影影绰绰，山谷透着寒意，我们莫名地生出恐惧来。此时，苦村山寨已经亮起了路灯，纵排的楼房屋脊、屋檐上闪起了霓虹灯光，五光十色的灯光映衬着寨子，犹如茫茫夜幕中大海口岸的一艘轮船。在深山峡谷中，走进这样古朴、原始、神秘的山寨，宛若走进古代一个繁忙的驿站。

住宿的房间是居家设计，如走亲戚睡客房般温馨舒适。我躺在床上，打开电脑，连通网络，整理一天的思绪。我喜欢这样的感觉，就如不问世事的侠士云游逍遥，或者纵情山水的游客陶醉自然，没有喧嚣、烦忧，自在而无束。

夜一片寂静，窗外时时传来蛙虫的叫声，给人回归自然的惬意。渐渐地，山寨进入梦乡，农家夫妇见我无意睡觉，热情地陪我聊天说话。夫妇看上去不到50岁，儿子在外打工，女儿已经成家，家里忙不过来的时候，女婿帮着打理。在我的意念中，这里自然条件差，或悬崖峭壁，或灌木丛林，很少看到成片的田块和土地，我不知道他们先前如何生活，我说巴山大峡谷的旅游业为他们带来了致富的机会。夫妇俩听出了我的意思，淡淡一笑："这里的村民靠挖黄连等药材生活，每年收入多的上万，巴山大峡谷只是夏天才有人来，到了冬天，很多人都上山去挖药材了。不过，现在为了生态环境，已经禁止上山采挖了。"山寨人淳朴，我似乎看到了他们上山采药的画面，一方水土养育一方人。后来我们聊到了土家刺绣、土家风情，聊到了薅草锣鼓、山寨民歌，我伴着宣汉的人文风情进入梦乡。

人间仙境

毋庸置疑，巴山大峡谷具有独特的魅力，能惊艳来客，重峦叠嶂，绵延百里，河水清幽。如果温差大，遇到日光照射，更是云雾缭绕，霞光万丈，宛若人间仙境。众多景致，浑然天成，如绿浪滔天的林海，刀削斧劈的悬崖，十里水墨画廊，远远地给人视觉和心灵的震撼；如飞瀑流泉，溪流清潭，可悠然漫步，体味山水的神韵灵动。清晨，我们爬上罗盘山山顶，放眼望去，崖壁上蜿蜒盘旋的山路犹如一条蛟龙，盘踞在峡谷之中。星罗棋布的山岭，如大海波涛汹涌，云遮雾绕，妙化成仙境神韵，好一幅宽阔恢宏的秀丽风光。站在这样的山顶，才能感受到大自然的神奇和伟大，人的渺小与无力；站在这样的山顶，才能发出响彻心扉的喊声，体会肉体与灵魂随心所欲的畅快。

在我看来，凡是峡谷，山峰皆雄壮奇特，悬崖皆陡峭险要，溪水皆碧绿清澈，我去过重庆巫溪县兰英大峡谷，谷内嶂谷、隘谷呈串珠状分布，形成似山崩地裂的奇观。巴山大峡谷也一样，形成雄、奇、险、幽奇景，而对这些千姿百态的山峰、岩石、洞穴，人们往往展开丰富的联想，赋予一种生命或意境，令人神往。如"神龟""南天门""水帘洞""犀牛望月"，只要发挥你的想象，定是越看越像，越像越惊叹。至于"百兽聚会""雄鸡鸣天"，我想，或许有传说或典故吧，只是我没有停留与探究，跟随大家一起出发。

桃溪谷是"川东第一漂"。漂流是很多游客来巴山大峡谷最主要的目的，来到这里，就是要感受漂流的刺激和快乐。因而每到夏天，漂流就成了巴山大峡谷的"重头戏"。桃溪谷环境优美，溪水没有被污染，两岸青山倒映其间，就像绿色浆液，诱惑着你下河亲吻柔美的水，享受原始生态带给人的美好。我们站在岸边，看到谷坝游客穿上红色泡沫背心，在工作人员的引导下，走上游船。游船不大，可容纳七八个人，或一家人，或朋友一起，或与其他人合租。游船一只接一只，在溪河里游动，溪河像下满了饺子一样沸腾。游客兴高采烈，手拿船桨，像模像样地划起来。有的故意嬉戏，弄得船身摇晃，人立不稳，发出一声又一声的尖叫，而"专职安全员"总是危难之时出手，其情其景，让人捧腹。一条长500多米的漂流谷，时时可看到河里"冒泡"，朋友说那是"阴河"里的水流，看似小泡，可是力大，游船在溪河里时时被这些"暗潮"危及安全。我想这也是每只船都要配备安全员而致票价高的原因吧。相比四川万源龙潭河，桃溪谷的水位落差大，也更刺激，河床时宽时窄，水流有湍急有平缓，红汽船、红背心在溪河里格外耀眼，形成一道亮丽的风景线。

我们没有在桃溪谷停留，径直往鱼泉山走去。一路上看到河谷奇石褶皱天成，那是千万年时光精细的雕琢，岁月如刀，滴水穿石，令人慨叹。来到一条V形河谷，行走在鱼泉河栈道上，仿佛进入一个梦幻的水世界。水顺着鱼泉洞涌出，水质清澈，轻快地悠然而下，潺潺的流水声，和着鸟鸣，胜似天籁。像这样流光溢彩的泉水，比比皆是。瀑布流入山崖，激起朵朵浪花，发出或沉闷或清脆的声音，在山谷中环绕、回旋，犹如大自然的乐章，赋予山谷生命、力量。再往下走，视野突然开阔起来，河床露出金色耀眼的河滩，那铺满河滩大大小小的鹅卵石，经过河水的浸泡、冲洗，在阳光照耀下熠熠生辉，特别让人喜爱，就连鹅卵石隙缝的河沙也闪闪发光。这没有被破坏的圣地，这宛若清纯的女子，惊艳了我们。知性女作家罗红梅兴奋得好像来到了大海边，弯腰低头要寻找海底贝壳。我情不自禁，毫不犹豫地脱下鞋袜，扎起裤腿，小心地踩着浸在水里有些滑的石头，一步一步走进水里。水倒映山峦和蓝天，潺潺流动，肌肤凉爽的感觉像电流一样在血管里流淌。朋友们一个一个地手牵手来到河里，开心地掷石子，击流水，像孩童似的打水仗，珠帘式的浪花在空中翻飞，打湿每个人的衣裳。我的心像浪花一样在空中飞扬，恨不得长久地拥抱这水。

巴山大峡谷的魂魄是山，是水。最为神奇的是峡谷深处，呈现出一幅气势恢宏的水墨画，几座山侧面的岩石，仿佛是一张张画纸，岩石上随性生长的植物，或粗粗细细的蔓藤，点"墨"

成画，无人能及。我久久驻足，用镜头追着这巨幅水墨画跑，无论怎么拍摄，都不能拍出给人灵魂震撼的全貌。水润万物，温顺柔软，但是可以把壁立千仞的山岩划出道道刀痕，似乎在诉说远古时代的沧桑岁月。置身于巴山大峡谷，你才感到才疏学浅，无论怎样描绘都难以写出它的美。雄奇的山，碧绿的水，茂盛的松林，神秘的溶洞，都是一幅幅原始生态画卷。看到连接溪河两岸的绳索木板桥和对岸翻山越岭的陡峭石阶，你可以想象当年乡亲们的生活。看到山石，仿佛千年历史留下万重印记，总是引发我们对生活无尽的思考。

巴山大峡谷美不胜收，那里的山水溶洞，那里的旖旎风光，那里的人文地理，本身就是最绚丽最动人的诗画。仙女岩上仙女亭亭玉立，观音洞内观音静坐莲台，百兽聚会百兽各具神态，南天门外云雾缭绕，板壁岩的"山水银幕"，二龙飞瀑，犀牛望月等，都会让你流连忘返、惊艳不已！

溶洞奇景

午餐后，我们没有停歇，马不停蹄地参观大象洞。大象洞是巴山大峡谷景色最美的诸多溶洞之一。但凡溶洞，都是石灰岩质。小时候在老家周家坡山上玩耍，我们几个玩伴十分调皮，侧身钻进洞穴，里面竟然有潺潺流水声，有泉水咚咚声，还有很多奇形怪状的石笋，甚为神秘与惊奇。后来上了中学才知那是钙化沉积形成的，地下水长期溶蚀，不溶性的碳酸钙受水和二氧化碳的作用转化为可溶性的碳酸氢钙，由于石灰岩层各部分含石灰质多少不同，被侵蚀的程度不同，就逐渐被溶解分割成互不相依、千姿百态、陡峭秀丽的山峰和奇异景观的溶洞。大自然的诸多奥妙与神奇，是人们难以想象的。

大象洞入口有很多钟乳石，或像植物根系和蔓藤，或像擎天巨柱。进入洞中，凉气袭来，炎热一扫而光，空气湿润，凉爽舒适。洞内空间极大，洞里满是各具形态的钟乳石，目不暇接，在彩灯的照耀下色彩斑斓。我们穿窄道，钻小洞，又见一汪大水池，水清幽碧绿，高处入池，低处溢出，潺潺流动，宛若仙女玉池。浑然天成的钟乳石千姿百态，有的像可爱的小动物，有的像和尚化缘，有的像恋人相依，栩栩如生，惟妙惟肖，被赋予"千年吻""猴王救子""天门揽月"等贴切形象的美称，让溶洞成为万年时光中的鲜活存生。溶洞是峡谷景致的重要部分，那些深藏峡谷的溶洞成百上千。大自然的鬼斧神工，把山、水、洞融为一体，谱写幽中有险、险中见秀、秀中孕奇的乐章。

历史厚重

宣汉是块神奇的、鲜红的、光荣的土地。1928年，王维舟和李家俊等领导的农民起义，创建了川东游击军。1933年，改为红三十三军，一万多宣汉儿女参加了红军，在巴山百里峡至今还留下当年作战工事的遗迹。红四方面军入川与川东游击军配合，在宣汉发动了宣达战役，一举解放宣汉、达县、万源三座城市，川陕革命根据地东扩400里，成为全国第二大苏区，在中国革命史上留下精彩的一页。

再读宣汉史，很多故事闻所未闻：秦末汉初，樊哙将军屯兵驻扎，大败楚军，留下了将军坪、跑马梁、拴马石、大通险道及石栈道等珍贵遗址。西汉末年，伏皇后避难逃进百里峡，太子降生，后登基，剿灭敌军，于海螺山修建娘娘庙，至今仍存娘娘庙一隅。明崇祯末年，农民领袖张献忠率起义大军，踏遍峡谷两岸，以溶洞为营，修筑山寨，清嘉庆元年，桃花乡农民王三槐率白莲教揭竿而起，与王聪儿率领的湖北白莲教义军会师于白马寺，如今青龙寨的大寨子就是他们当年屯驻、厮杀的遗址。

原以为"游山就是山，看水就是水"的行走，变得意义深刻，让人对那段历史掩卷沉思。令人神往的巴山大峡谷，除了令人惊叹的自然风貌，还有厚重的历史和璀璨的文化。这幅立于天地之间的巨幅画卷，像拥有灵魂一样，光彩照人。

刊于《达州日报》2019年3月8日第6版（节选），《巴人文学》2019年第3期

莲花湖，达州的湿地地标

春天鸟语花香，碧波荡漾，姹紫嫣红。2020年的春天，我宅在家里，错过了初春杏花、李花、桃花的争艳，错过了垂柳吐绿、芽苞初放的惊喜，直到3月中旬，才外出踏青赏春。周末，我不顾天阴，兴致盎然地赶往几公里外的莲花湖。

道桥景观皆文化

莲花湖位于达州市西城片区北部，是20世纪70年代修建的一座大型水库，湖容量1033万立方米，水域面积93.33公顷，森林面积2500亩，水库形若莲花，莲花湖因而得名，是附近群众赏花、采果、垂钓、泛舟的花园。近年来，政府围绕岛、水、路、园林，打造了约2.9平方公里的湿地公园。

走进莲花湖湿地公园，这里的一切都发生了脱胎换骨的变化。一切都是新的，新的道路，新的廊桥，新的建筑，新的草坪树木，就连地面的泥土都是新的。山丘和地块被整形成或凹或凸的剖面或梯形，错落有致。道路已经油化，就像一条乌黑发亮的绸带，步行道、油彩路、木质栈道绕着湖畔，一步一景，一景一画，简直就是焕然一新的艺术殿堂。

莲花湖湿地公园以湖水、岛屿为主，东北方向背靠山岭，山岭底部有许多小山堡，修建水库时因山就势没有被削平。莲花湖筑坝蓄水后，这些小山堡未被淹没，形成一个个无名小岛，山水相依，亲水近山。莲花湖光湖岸线就有21公里，以前靠船才能到达湖中岛屿，现在修了桥和栈道，这些彩路，不仅多而且长。据介绍，公园里面步行道有22公里，还有14公里的骑游道、景观路。

天空飘起小雨，走进这新造的园林，吮吸着泥土的芬芳。在白鹭湾，看到一座映月桥如彩虹倒映在碧波荡漾的湖水里，若隐若现，如诗如画。这时，一只船慢悠悠划来，漫过水底的虹，在翠绿的枝条间移动。这迷离的景象别有一番风味，让我想起了苏轼的诗："水光潋滟晴方好，山色空蒙雨亦奇。欲把西湖比西子，淡妆浓抹总相宜。"此时，若撑一把雨伞，与伊人漫步其中，或泡一壶茶，悠悠泛舟，一帘雨、一缕风、一片绿、一泓碧，饱含醉人的诗情。

如果要玩，还有许多岛，仿佛一块块精致的翡翠。光是在这些岛间的栈道、长廊上走一圈，都要花半天时间，更别说游玩或拍摄了。这些路和桥，或S形，或弧形，组成一幅灵动的艺术画。每一处景观，都是一件艺术品，构成湿地公园的"湖文化"。

群岛之王桃花岛

如果从空中鸟瞰，在水域面积1400多亩的湖泊里，有许多绿树成荫、郁郁葱葱和无名小岛，而桃花岛是莲花湖的核心区域，是群岛中的"王"。

春天的雨，说停就停，上午还是乌云细雨，下午已是风和日丽、阳光明媚。我约了几位摄影朋友，又一次驾车来到上午游兴未尽的莲花湖。莲花湖湿地公园是一个开放的供人们休闲游玩的景区，东南西北都有入口和出口，我们没有再走巴山大剧场那个门，而是开车到先前的翠竹园，从玫瑰谷漫步而入。

来游玩的人三五成群，比上午多得多，人们脸上全是欣喜的笑容。一路上，都是新栽的果树，成片成片的梨树、李树、桃树，到了春天，花海不把这片天空浸醉才怪。果园下是一个个草坪、一块块绿地，与上午去的白鹭湾成为湿地公园的一部分。

环山绕水的栈道像一条蜿蜒的长龙。当山地长出新草，草坪焕发新绿，这嫩、这绿让人醉得迷离。

走着走着，来到来凤桥。来凤桥是通往桃花岛的桥，是由银灰石砌成的拱桥。拱桥有五个孔，在湖中倒映形成五个大圆洞，十分漂亮。我们在来凤桥附近拍摄得正起劲，突然听到偏东"湖湾"处有音乐响起，我们兴奋地掉转镜头。只见那喷泉随节奏而起落，随音符而变幻，翩翩起舞，呈现出莲花从蓓蕾到开放，从开放到绽放的过程，恍若白衣仙子在水中翩翩起舞，令人震撼。四周围了许多游人，都惊艳地掏出手机拍照。朋友向阳说，到了晚上，霓虹灯映照闪烁，喷泉中金龙翻飞，湖面五彩纷呈，那才好看呢。如果从凤凰山上往这边看，桃花岛上"莲花盛开"的花瓣里发出紫光、白光，与音乐喷泉互为映衬，仿佛进入了梦幻世界，给人变幻莫测的神秘感。

走上桃花岛已是晚霞映照。上面新种的树依然是桃树，漫山遍野。岛上住户都已经搬迁，土地都被整理成梯形坡面，或方或圆，线条清晰明快，有一种灵动美。我高兴地爬到半山腰，西下的太阳光斜射在有人高的桃树上，霞光在桃树上的光影形成一个个剪影。看着这延绵起伏的山峰和山脊，想着一路走来看到的各种景致，我感慨万千，虽然我们只能顺应自然，但是人的智慧足以让美融入环境，保护自然生态的同时闪烁人类智慧的光芒，让人们感受到生活的美好。

桃花岛与白银湾、琉璃坊、砗磲场、玛瑙池、玫瑰谷、珍珠滩并称为"莲湖七宝"。桃花岛上有一个标志性建筑，就是高耸入云的"莲花盛开"。上百米高的圆柱顶上有一朵盛开的莲花雕塑，象征国运昌盛、人民幸福，抑或喻指盛开的莲花世代庇佑这方百姓。在莲花湖，莲花是莲花湖湿地公园每一处景致的主基调，如睡莲池的莲、音乐喷泉的莲、桥墩上的莲等，花开花盛，含苞待放都在其中。

刊于《达州日报》2020年5月15日第6版

新疆日记

2019年7月19日至30日的新疆之行，我拍了上百幅照片，写了9个章节18000多字，纸质媒体刊发6篇游记和数幅图片。于我来说，算是对新疆有了真正意义的了解。北京的作家朋友符文军先生说："应该是'大言不惭'地说，对得住新疆丰饶的土地，对得住达州待游的亲人，对得住自己一直处在高度浏览存储与思考提炼之中的艰苦煎熬。"

快乐启程

2019年7月3日买好19日去新疆的火车票后，我就翘首期盼。新疆这个美丽的令人神往的地方，总是让人心动和浮想联翩。祥哥、媛嫂、忠燕、芬芬、政政、娇娇等一行10人，7月19日，拖着大大小小的行李箱，在达州火车站汇合，集中乘坐D5181至成都的动车。一个多小时到达南充站，吃过午餐后，我们到北站换乘K1583直达乌鲁木齐。

车上，大家精神焕发、兴致盎然。去时不选择乘坐飞机，就是为了一览沿途风光。我喜欢看窗外，那一掠而过的庄稼、寸草不生的荒漠、一字排开的电塔，给我视觉上的冲击，我像没有出过远门的孩子，兴奋得眉开眼笑。一路美丽的自然风光，像阳光一样从窗外流淌进来，在火车的轨道声中呼啸而来。

人们说，越往西走越觉荒凉，那是一幅沧桑的画卷。但是，在我看，那是雄浑的气魄和震撼人心的辽阔。新疆这个神奇而美丽的地方，我一直憧憬，且根深蒂固。

20日晚8点，火车到达乌鲁木齐站。平哥的朋友崔总已在出站口等候。赶到宾馆时已是9点，平哥是从川东老家走出去的公职人员，家乡人带着故土的情怀、老家的气息而来，仿若自家亲人，激动与兴奋不必多言。而我们在一个遥远而陌生的城市，有从家乡土地走出的人才，正如遇到远嫁他乡的女人，那种感觉就是说不完的亲热。餐桌上，大家开怀畅饮，不知不觉已深夜。

两点教训

一

7月21日，早餐后，小型中巴车已在宾馆门口等候。我们一行人兴致勃勃地提着行李上车。新疆之行，将由王承疆老师全程负责驾驶和带队。向一个又一个心驰神往的景区出发，正如游牧人或出海者要10多天后才能返回一样，我们兴冲冲地带好随身携带的每一件行李。

车载着大家从乌鲁木齐市出发，驶向布尔津县。一路上，茫茫沙漠，一望无际。沥青公路宽阔而笔直，像伸向远方的黑色飘带，阳光从云朵中探出头来，精神地播撒金灿灿的光。每个人都很亢奋，满脸的新奇与兴奋，叽叽喳喳说个不停，就差没有高声歌唱了。土黄色沙地或沙丘上没有一块绿地，不见村庄与人迹，一片荒芜。这杳无人烟的地方，前不着村后不着店，给人不知归途之感。

我沉浸在新奇与憧憬的兴奋中忘乎所以，忽然脑海里闪出我拖着行李昂首阔步离开房间的画面——没有取走电视柜上的相机充电器……我心里一阵慌乱和不安，大脑再次回放头天晚上插充电器的情景，再次回忆离开时的情景，确认没有带走相机充电器！天啦，收拾行李时还提醒过自己，转眼之间就完完全全地忘记了充电器！我亢奋的心情一落千丈，仿佛从酷热的夏天到了冰天雪地，人也变得无精打采。

没有相机充电器，相当于没带相机。来新疆，不仅要欣赏新疆风光，而且要体验拍摄的快乐。对于一个爱好摄影的人来说，没有相机，就如没有了眼睛，再美的旅行也失去了意义。老婆跟着着急。车上的人七嘴八舌，有的说："宾馆充电，最不容易搞忘的是床头柜。"有的说："走时要反复检查。"祥哥举着他的新相机说："干脆就用我的相机。"这些都无济于事、于事无补，我居然把最最重要的东西忘了——我的心情坏透了！

车已经驶离宾馆近100公里，不可能折返，我除了焦急，别无他法。王承疆老师说："今晚住布尔津，那里应该有卖的。"这句话似乎是一个火星，点燃了我的希望。我在心里祈祷，希望布尔津这个小县城有相机专卖店，有这个型号的充电器。

但是，如果没有呢？"崔总能不能找同一条路线旅游的人带过来？可以让旅游同一路线但尚未出发的人，把充电器带到彼此相距最近的一个约定地点……"我心里盘算着，于是试着给崔建忠老总打去电话。他明白我意图后说："想办法找人今天晚上带到布尔津县你们居住的那个酒店。"他的话像兴奋剂，让我的身体顷刻回了春，这是最好的结果了！但毕竟只是说"想办法"，没有想到办法呢？谁也不能保证会出什么状况。我悬着的心忐忑不安，全然没有了游玩的兴致……

二

车停在站点，王承疆老师叫大家下车休息20分钟。后来知道沿途有很多这样的站点，为了不疲惫驾驶，司机都被强制休息。大家纷纷下车，伸懒腰、透气、上厕所，我蜷缩车内，闷闷不乐。王老师说下一站很远哦，我一言不发地向厕所走去。说是厕所，突出的却是商店、摊点的购物功能，巷子、通道、房间摆着一个个卖天麻、红景天、石斛等药材的摊位，仿若一个药材市场。

我返回时，走到出口，看到摊位上像小蜗牛一样的小颗粒，有些好奇这像虫似的浅黄植物，本能地驻足看了一眼。这时听见身后一个男子走上前，向摊主说称一斤石斛，像是自言自语，又像是对店主说："我老婆泡茶喝了半年，效果不错。"店主说："这石斛对保肝护肝有奇效。"男子用手捏了捏，放在鼻子边闻了闻，又讨价还价，俨然一个行家。谈妥后，店主给男子一个密封袋，两人一起往袋子里装石斛……"这石斛对保肝护肝有奇效。"店主的话触动了我的神经，店主也给了我一个袋子，我没有动手装药材，半信半疑，轻轻问男子："你是哪里人，这药真的好吗？"男子诚恳地答道："真的好。"店主见我犹豫不决，主动给我装了半袋。

此时，男子又与摊主讨论打不打成粉，讨论打粉前称重还是打粉后称重。说话间，店主又叫我看粉末机，看起来是真石斛，让人信服。我本是看热闹的心态，买与不买无所谓。靠近看了看，我不以为然地说了句："我并没有说要啊。"语气不坚决，就在这语气不坚决的犹豫间，机器响动起来，不到一分钟，石斛已经打成了粉末，一称重，二百多克，算账要2100多块钱。这么多钱！我的心"咯噔"一下：可买可不买、没有任何心理准备要买的东西，现在是不得不买、必须要买了。我突然很后悔，所有过程不过两三分钟，来不及细想，让人猝不及防。这时，刚刚钻进房间的忠艳伸长脖子看，似乎想买，我便随口说："干脆我们两个分。"她看我嫌多，爽快地答应下来，于是我要了一小袋，忠艳要了一大袋。

我跨出门的瞬间，心里觉得不踏实，似乎有上当的感觉……我恍恍惚惚走上车，车上的人投来关心的眼光。随后跟上车的忠艳把那袋石斛粉丢给她丈夫，没好气地说："拿回去泡酒喝。"原来她也感觉上当了。车上人说，打磨机上暗藏机关，得到的是事先准备的伪劣东西，这样的套路中央电视台曝光过。我听得瞠目结舌，内心五味杂陈，人心坏了什么都坏了，心里涌起莫名的悲伤。

新疆政府应着力打造诚信商店，对这类奸诈的摊点进行整顿。

神奇五彩滩

一早从乌鲁木齐市出发，沿途经过古尔班通古特沙漠、卡拉麦里、棉花基地和牧场保护区，行车10个小时，行程680公里，到达五彩滩。此时已是晚上8点多了，但没有半点傍晚的样子。艳阳高照，天空依然明亮。

进入景区，让人眼前一亮，辽阔的平地上，是一片红褐色的岩石，岩石并不在山崖上，而是镶在沙漠边缘。如果大地上的沙漠是肉，那这红彤彤的岩石便是沙漠的肋骨。游客分散在五彩石的小径上、栈道上、观景台上，仿若一条条川流不息的河流。艳艳、芬芬、政政、姣姣等被这多彩的岩石吸引，跑得不见人影。我与妻子、祥哥、媛嫂一起，朝左边的小路走去。只见左前方有一个个岩丘，像大地突兀的肋骨，肋骨间是一条条纵向的沟壑。岩丘有的深红如血，有的浅褐如咖啡，在阳光的照射下分外耀眼。

大自然真是神奇，地壳经过阳光、雨露、风霜的雕琢，变得如此多彩与迷离，像大地娘娘漂亮的彩色指甲，不，简直就是天公赐予大地娘娘的宝石，绚丽斑斓。

目光所及，五彩滩下是碧波荡漾的额尔齐斯河，平坦宽阔而宁静，像一条逶迤的玉带把对面的树林隔开。一河隔两岸，自是两重天，一边鲜艳的红，一边青翠的绿，遥相辉映，宛若相依相伴的情侣。我兴奋地拿起相机，不用构图，这光影、色彩，任何一个角度都可按下快门，都是一幅艳丽的油画。远景、全景，充满想象与诗意的特写在高速连拍中被捕捉。许多人在栈道上拍照留影，祥哥叫我给他拍照，把这美丽的景色留下。

登上右边三层高的观景台，右前方彩色岩石分布的规模更大，气势恢宏。一条条景观带或人行栈道，好似恐龙的爪子，游客来来往往，站在高处看，人似滩里的水饺。五彩滩的岩石是岩浆喷出，物质分解、流淌、凝固而成的，从孕育到形成，经历了原生形成、次生搬运和沉积砾石层这些复杂漫长的过程，真可谓历尽沧桑方显风流。一条条纵向沟壑，把五彩滩切割成人的手指，单独成景又浑然一体。这让我想起了九寨沟的五彩池，在水的映射下，蓝绿、海蓝、浅蓝，艳丽奇绝。如果说新疆的五彩滩是俊美的男子，那么九寨沟的五彩池就是柔情的女子。我们为大自然的神奇而惊叹，地球的美，有的气势磅礴，有的钟灵毓秀，有的宏大伟岸。这五彩滩的斑斓绚丽，宛如大地上的一块天然美玉，在辽阔的沙漠里熠熠生辉。

晚上9点多，西边有了霞光，给人一种朦胧的、迷离的美。许多游客开始走向出口。艳艳、芬芬、政政、姣姣一直不见人影，祥哥、媛嫂不知去向，只有妻子陪着我。看到这霞光，我停下，无论如何不肯离去。这夕阳的美是可遇而不可求的，这时的光瞬息万变，把天空映照得绚丽多彩。雕塑前开心奔跑的孩子们，成为我镜头里最美的剪影。右手旁是一片沙漠，沙漠上是成片的风电机，在逆光下挺立，有一种别样的美。我欣喜万分，忙不迭地拍下这些瞬间。

觉得没有遗憾了，便匆匆往外走，正好景区关门，其他人已在出口等待，此时是晚上10点20分，天暗了下来。

草地风光喀纳斯

看了禾木村和喀纳斯，一直沉浸在那无与伦比、摄人心魄的美景中。禾木村的古朴原始，呐纳斯的纯净空灵，让人陶醉。那壮阔、丰富、细腻的草地风光，每一处都大气磅礴，如诗如画，给人震撼与冲击。

相对布尔津而言，禾木与喀纳斯同属一个方位，我们计划第一天去禾木村，住贾登峪，第二天去喀纳斯。路是双车道，没有乌鲁木齐到布尔津的高速路宽阔和笔直，像一条长长的蚯蚓在辽阔的沙漠上蜿蜒逶迤。新疆地区植物稀少，空气干燥。沙漠是沙质荒漠化的土地，是新疆地理的主要特征。我望向窗外，那一望无际的沙漠宽阔辽远，令人兴奋。经过冲呼尔乡，那里耸起一个个怪石嶙峋的岩石，没有丁点"皮肤"，那就是沙漠中的戈壁。戈壁的形成，是由于喜马拉雅山的雨影效应阻挡了雨云，地表无法形成植被，地面失去覆盖。戈壁在干旱气候和大风的作用下，又逐步风蚀风化成沙漠。

穿过荒漠，穿过绿地，爬上一座高山，道路陡峭起来。这比九里十八弯还长的路弯曲如羊肠。爬到山腰向山下看，一辆又一辆的车形成一条流动的河流。到了山上，很多车都停下来，游客们爬上山峰，登高望远，兴高采烈。我们也跟着跑上山顶，展臂欲飞，手舞足蹈。女士们兴奋得舞动彩色纱巾，有红的、黄的、蓝的。我与祥哥忙不迭地按下快门，把他们的欢乐留下。

12点多，进了禾木景区，坐上区间车，翻过一座郁郁葱葱的山，天空豁然开朗，清新的风和青草的气息扑面而来。草地上的草密密的、浅浅的、绿绿的，草地上的树木直直的、高高的，还有那高低起伏的山峦，森林茂密，与草地连成一片，形成一幅壮阔而有气势的图画，由远及近，蓝绿、墨绿、深绿、嫩绿，绿得沁人心脾。因日光的强弱变化或者云层的薄厚疏密，山脊、树林、草地光影变幻，画面更丰满，更有质感。草地像海洋的波涛，一浪又一浪，或急或缓。树影斑驳，风光迷人，我禁不住"啊"地叫出声来："太美了！"迅速端起相机，咔咔地按下快门。

一路上，我看到了成群的牛羊和骏马，还有牧人的毡房，草丰水美牛羊肥，这些牛啊、马啊、羊啊，或低头吃草，或仰头长望，或耳鬓厮磨，或坐卧而眠，自得其乐，悠闲自在，这是令人向往的美景！30分钟的车程，处处是美景，美得惊艳。游客说，到了秋天，一片金黄，山更加漂亮。我想，是的，每个季节都有不同的气质，冬天的积雪，春天的轻盈，夏天的饱满，秋天的斑斓，其辽阔，其厚重，其气势，其神韵，是任何艺术大师无法描绘的。就眼前的景色，那一袭红衫，那一沟溪水，那一座木屋，那一抹炊烟，都衬托出草原的妩媚，勾勒出村落的灵动，给禾木几分古朴。我已分不清是景还是画，越往里走，哈萨克族人的毡房越来越多。如此辽阔、安详、美丽的草地，正是我心中的伊甸园。

下午2点多，我们来到一个村落吃午餐。一栋栋低矮的尖顶木屋，与山峰、森林、草地、蓝天、白云构成了和谐的景致。原木垒起的木屋星星点点地散落在村庄中。沿途车辆停靠的站点周围到处都是这样的木屋，或单独成栋，或两三间相连。木屋旁建有牲口圈，牲口圈的栅栏就是几根白桦木平行地绑在木桩上。圈内青草遍地，人住的木屋门外也是杂草丛生。这古朴的生活，有一种原始的神秘。看到很多年轻人拖着行李箱在不同的站点下车，三三两两走进这些木屋，我这才明白，那是当地的客栈。

午餐后，天气突然乌云密布，一会儿便暴雨倾盆，当地人从容不惊。我们在一排卖民族首饰、民族服饰的摊位前，买来塑料雨衣穿在身上，个个像装在套子里的人。白桦林边，哈萨克族人正在招揽骑马的生意。我们穿过这片白桦林，沿着栈道向对岸的山坡爬去。越向上视野越开阔，风景这边独好。上面是一块宽阔的草地，站在上面俯视，尖顶木屋在大河谷的草地上星罗棋布，那是图瓦人的聚居区。图瓦人的房子全是原木搭建的，上半部分三角尖顶，下半部分四方形状，单独成栋，木屋低矮窄小，充满了原始味道。村落旁，一条宽阔的河流懒洋洋地顺谷而下。这水从远山雪峰奔流而来，纤尘不染，丰润着这片草地，养育着这些图瓦人。无论春夏秋冬，这自然原始的山野风光，这自东北向西南流淌的禾木河，这大自然的纯净空灵，以及禾木河畔的小桥流水、尖顶木屋、草地森林，组成一幅壮美的艺术画卷。

第二天，到喀纳斯湖畔。落叶松原始森林、白桦林、神仙湾、卧龙湾、月亮湾、鸭泽湖，一一展现在眼前。漫山遍野的松林，微风吹来，松涛阵阵。那里的风景，与禾木村一样优美、恬静。布尔津县位于阿尔泰山脉西南麓，准噶尔盆地北沿。禾木、喀纳斯都是森林草原风光。

8点，我们乘坐区间车赶往喀纳斯湖。天空布满了乌云，山雨欲来风满楼，一路上的森林灌木郁郁葱葱，潺潺流动的河水、清澈见底的湖水，让人神清气爽、心旷神怡。同行的潇潇女士说，秋天会更加美丽。是的，那时枝叶转色，草原、森林、灌木丛在夕阳的余晖下闪耀着金色的光芒，宛如一幅色彩斑斓的油画，给人们美的享受。

在喀纳斯湖，我们乘上游艇，湖光山色美不胜收，湖泊周围的山上，绿草茵茵，野花遍地，树林繁茂，云雾缭绕。返回时，游艇突然颠簸得厉害，船内人们一阵惊慌。瞬间人们反应过来，那是有意设置的"惊险"，让大家以为遇到了水怪。我这才想起在区间车上解说员讲的水怪故事。

游览喀纳斯是一天的行程，有许多景点需要漫步其间，感受大自然的原生态之美，但是天公不作美，要么阴天，无光影映照，要么乌云密布，雷电轰鸣，要么暴雨倾盆，淋透衣裳。到了下午，一行人再也提不起兴趣，坐上区间车返回。我与祥哥冒雨赶到卧龙湾、月亮湾。雨幕下的河流、沙洲、草原、灌木丛、森林美丽而静谧，另有一番诗情与画意。

神秘"魔鬼城"

7月24日早晨，我们从布尔津县出发，上午11点赶到准噶尔盆地克拉玛依"魔鬼城"。入口处一个标志性的牌坊高大挺拔。牌坊上的字和图标是象形符号，既神秘又惊悚。

排着长队进入景区。我们在观光车上，好奇地欣赏风沙城堡。这哪里是景区，完全就是一个城池。城池里有很多威武雄壮、各具形态的城楼。一个站点就是一个小景区，每个小景区都是一座各具特色的小城池，每个小城池都是游客如织。这些城池在垄状地形的沙漠中挺立，古老而神秘，似乎在诉说远古的历史和曾经的繁华。沙漠气温高，水分少，大部分地表寸草不生，少量地方长着稀疏的草丛，草丛枯黄，倔强而顽强地生长着，给这片沙漠以生命的力量。

我们一行人像穿越了时光隧道，来到一个远古时代。大家不顾烈日的暴晒，欣赏这异域风光，观赏岁月侵蚀形成的城堡。形状奇异的城堡体量庞大，下大上小，有的上下是一个整体，峭壁陡立；有的上下是不同的结构，下部分是岩石碛子，上部分是砖混墙，岩石间、岩石与砖墙间的缝隙都有砂浆。城堡底部到顶部的岩石，是一层一层的横向线条，那是岩石间的小夹缝。峭壁有的粗糙，有的光滑，光滑得如铁板制作的模型，墙体上还有施工时留下的残迹。这简直就像人工建造的，高低错落、疏密有致，宛若一座经过规划和设计、具有美感的城池。

城堡令人浮想联翩。有的长得龇牙咧嘴，形如怪兽；有的危台高耸，垛堞分明，形似古堡；有的似亭台楼阁，巧夺天工；有的像宏伟宫殿，傲然挺立；有的像俄罗斯尖顶建筑；有的像古希腊、古罗马塔楼。城堡顶部，像石笋、石兽、石亭等，更像远古时代的艺术品，千姿百态、惟妙惟肖。在起伏绵延的山坡沙地，布满血红、湛蓝、洁白、橙黄的各色石子，宛如魔女的奇珍异宝，为星罗棋布的城堡增添了几许神秘色彩。最神奇的是，有的城堡轮廓清晰可见，令人惊叹。

我兴奋地拍下这些奇形怪状的城堡，内心一方面惊叹大自然的鬼斧神工，一方面疑惑是什么原因在沙漠上雕琢出一座座陡峭壮观的城堡，甚至能让这城堡如此有艺术性，又是什么原因让城堡长得像飞禽走兽。

观光车上播放着城堡传说，我都不感兴趣，我知道这不过是为了增加神秘感而已。

远古时，准噶尔盆地是一个很大的湖泊，周围山岭里无数条溪河携带大量泥沙、砾石流进湖泊，逐渐把这湖泊填平。这些填充物，在地质作用下，胶结在一起形成岩石。在这一过程中，沙粒与沙粒之间胶结得不结实，致使岩石有软有硬、有松有密。沙漠地带风大，疾驰而来的狂风中又夹杂着无数沙粒或砂石，这些沙粒或砂石像无数条皮鞭，抽打着这些岩石。风力最大、最集中的地方，岩层软的部分，被吹成裂隙，长此以往的风力侵蚀，这些裂隙逐渐扩大、加深，被扩大成一条条街巷，而两旁的岩石就成了临街陡立的房舍，并且形成了一些石亭、石兽等。

这些城堡，松软的岩层被侵蚀得快，坚硬的岩层抵抗侵蚀的能力强，被侵蚀得慢，从而形成奇特的样子。沉积物的成分不同、颜色不同，故城堡有的呈灰色，有的呈土黄色，有的同时有多种颜色。

原来风是魔鬼城伟大的建筑师。万年之后呢，这些奇形怪状的城堡是否将被风化成沙漠？

草原那拉提和巴音布鲁克

7月26日，从伊犁赶到那拉提，然后乘坐区间车进入景区。这是一片广袤辽阔的草原，半人高的草随风摇曳，牛羊低头吃草，"天苍苍野茫茫，风吹草低见牛羊"，淡淡的青草味伴着怡人的花香，沁人心脾，碧绿的野草像厚厚的绒毯。在这绿色海洋中，毡房星星点点，闪着白色的光。

抬眼望去，一座座山峰耸立，像海洋翻卷的波涛，又像地壳的皱褶，皱褶里有茂密的森林。如果丰美的草原是骏马光顺的皮毛，那么树林，就是骏马脖子上扬起的鬃毛，黛色与绿色，长毛与短毛，有一种层次分明、线条明快的美。再往前看，皱褶的山峰之后，是著名的天山山脉，我内心兴奋不已，云散雾开时，就会看到令人神往的天山雪峰，这横亘西域的山峰，梦幻般出现在我眼前，我心中一阵激动，似乎触摸到了这神山的肌肤，感受到了雪峰的冰洁。

一条小溪从山边蜿蜒流来，像一条随风舞动的飘带。溪水潺潺流动，欢快活泼，打在河石上，激起朵朵浪花。我沿溪而上，悠闲漫步。来到山脚下，草地上是成群的牛，黄的、黑的、灰的、白的，健壮而肥实。那草地上的牛群，自由自在，对在草地上载歌载舞玩得兴高采烈的游人，熟视无睹，淡定不惊。

阳光从云雾里喷薄而出，草原上光影斑驳，嫩绿的草丛更加葱茏迷眼。在毡房前，我向里张望，看到里面像宫殿一样豪华：毡房中央是一张长方桌，桌面装饰喜庆富丽，上面摆有丰盛的水果、干果，中间椅子气派讲究，毡房的毡子上有刺绣，有挂毯、帷帐、布幔、马鞍等。主人很热情，看我们好奇，邀大家进去参观，有的人兴奋地进去坐在尊者椅子上，过一把游牧人的瘾。毡房外，一个哈萨克族妇人坐在草地上专心地刺绣，一只小绵羊和一个小男孩守在她的身旁。这样的画面让我感动，我仿佛看到了牧民的生活，看到了手工艺术的民间传承。一方水土养一方人，这水草丰美的草原，是牧民一代一代繁衍生息的养分。

第一次听到那拉提，我就被这个美丽的名字迷住了，没承想真有一个动人的故事。传说一个春天，成吉思汗西征时，率领蒙古军队从天山深处向伊犁进发，途中风雪漫天，军队又饿又冷、疲乏不堪。翻过天山时，眼前出现一片繁花似锦的莽莽草原，流水淙淙，太阳从云雾中冒出，士兵高兴地大叫"那拉提，那拉提"。原来那拉提就是有太阳的意思。无论这个传说是否真实，那拉提赋予了这富饶壮美的草原以希望、信心和力量。

草原风光的美，在宽阔辽远的壮丽与气魄，在蓝天、白云、草甸、森林的交相辉映，在一年四季的光影变幻与苍苍茫茫。第二天，我们赶到巴音布鲁克草原，其秀丽景色令人震撼。野花遍地，绿草如茵，天鹅湖自然和谐，河流纵横交错，风光迷人。

天鹅湖环境优美，湖水清澈，湖岸和湖心用木桥、亭台、楼阁相连，来来往往的游客凭栏观赏天鹅。天鹅在湖里兴奋地追逐、跳跃，宛若演奏一场欢快、激越的交响乐，又像是向游人展示它优美的身姿。

巴音布鲁克草原地处天山隆起带的山间盆地，草地就像海洋的波涛一样，一浪一浪朝前涌。观光车朝浪峰行驶，到了山岭，浪峰断裂，陡峭的悬崖挡住了去路，原来波浪跌落的下面是数百米的悬崖，悬崖下又是一片地势平坦、水草丰美的草原。悬崖下的草地上，一个个光怪陆离的岩石小丘，质地、花纹，与悬崖断裂的岩石一模一样，更是惊叹大自然的力量。

站在断裂山岭的拐角处，正是观景台，悬崖下的草原风光一览无遗。裕勒都斯河流经这里，像有灵性似的，在草地上形成宽宽窄窄的小支流，纵横交错，在断裂山岭的转弯处交合，又一条往东、一条往南分流而去。每一条河流平缓宽阔，像柔软的绸缎，往东的那条，在草地上环绕草滩，一分一合，一块草滩被围在中间，仿若绸带上的玉坠，绸带挂上玉坠，仿若女人精美的项链。而正西方是开都河。开都河九曲十八弯，是巴音布鲁克草原最重要的景点，许多摄影家千里迢迢而来，就是为了拍摄日出日落时映照在河里的九个太阳。这河流太神奇，像一条巨龙在草原上盘旋扭动，生动活泼。可以想象，霞光万丈时，蓝天白云时，日出日落时，天空景象倒映在这弯曲的河流中，折射、反射的光影变幻，在摄影家的镜头里，将是一幅幅多么精彩绝伦的画面！

草原上的格桑花，紫的、白的、蓝的，五颜六色，分外美丽，游客们在漫山遍野的花丛里欢呼雀跃，尽情拍照。我决定骑一次马。驰骋草原、扬鞭奋蹄是我的向往。我从没有骑过马，我从马堆里选了一匹棕色马，虽然知道这些被驯服的马不会撒野，但是我还是小心翼翼，试着用手轻拍它的脖颈，然后摸它的脸庞、鼻梁和嘴唇，与它亲近，感受到它脾气不暴躁时，心里才踏实。我左脚踩上侧蹬，学着影视作品中的骑士，跳跃而上，两腿本能地紧夹马肚，左手拉紧缰绳，右手挥鞭，马听话地哒哒走起来。马走得很温顺，像散步似的，我高挥马鞭做着抽打的样子，马又哒哒地快跑起来。我不再害怕马扬蹄，返回时奋力扬鞭，马飞奔起来，我在马背上起起落落，有了疾驰飞扬的刺激、心惊和惬意。有了这次经历，我更有信心，下次骑马时，策马扬鞭，感受骏马昂首嘶鸣，四蹄翻腾的畅快。

坎儿井·葡萄沟·火焰山

新疆之行的最后两天，是到吐鲁番看三个景点：坎儿井、葡萄沟、火焰山。

一

在坎儿井，看到渠道里的水清澈幽凉、碧绿纯净，我几次都想把手伸进渠水里，感受潺潺流动的清凉，但刚伸出又缩了回来，这水就像欢快的歌，在我血管里流淌和歌唱。这就是吐鲁番人把地表水引入地下，用于生产生活的水系渠道，其实就是水利灌溉工程。水利灌溉，对于其他地方来说，司空见惯，不足为奇。可是对于水资源匮乏的沙漠地区来说，却是一个奇迹。那个时候，没有任何机械设备，科技也不发达，要建一个如此宏伟浩大的水利工程，难以想象。坎儿井渠道纵横1100多条，贯通村庄田野5000多公里，在历史上，与万里长城、京杭大运河并列为中国三大工程，由此可见它的历史地位和人类贡献非同寻常。

站在竖井前，得知这是开挖或清理坎儿井暗渠时运送地下泥沙或淤泥的通道和通风口。像这样的竖井，最深的可达90多米。坎儿井灌溉系统的明渠、暗渠都与竖井连通，而暗渠里的泥沙、岩石，就是在没有机械采挖和运输的情况下，用简单的农用工具完成的，蕴含着劳动人民的智慧。

地下渠道是坎儿井的主体。地下渠道，显然是在地下挖掘的通道，正如我们当地的土煤窑。在挖掘时，借助竖井的光弯腰掏挖，通道狭窄，只能一个人在里面活动。吐鲁番是沙漠盆地，除了沙子，也有坚硬的钙质黏土，遇到岩石或钙质黏性土地段时，挖掘更困难、更辛苦。坎儿井碑石上介绍，天山融雪冰冷刺骨，工人掏挖暗渠时，有时要跪在冰水中挖土，要掏挖出一条暗渠，不知要付出多少劳力和艰辛，想想心都为之一颤。浩大的水利工程，就这样靠人工完成，这是愚公移山的精神，这是劳动人民团结的力量，世界上恐怕只有中国人才能做到！

《史记》中，坎儿井为"井渠"。现在看到的坎儿井，清朝以来进行了多次修复，成为浇灌绿洲良田的主要渠道，对发展当地农业生产和满足群众生活需要具有重要的意义。

布尔津的五彩池、"魔鬼城"是雅丹地貌，喀纳斯、巴音布鲁克是草原风光，都是自然风光。而坎儿井，是利用地下水的一种古老的水平集水建筑物，截取地下潜水作为水资源。从坎儿井的原理、结构，可以看出我们祖先的智慧，从坎儿井的浩大工程量，可以看到吐鲁番人勤劳的品质。坎儿井是吐鲁番人用双手创造的留给子孙后代的宝贵财富，是中华民族的骄傲。

二

清晨，我们往葡萄沟赶去，车辆在葡萄架隧道中穿行，凉风习习，光影斑驳，清爽宜人。沟谷狭长平缓，溪流环绕。河谷西岸，悬崖陡峭，犹如屏障。溪水纯净，冰清玉洁，这河水是天山积雪融化而来，只有夏天才能看到它的身影。看到这溪水仿若儿时老家门山涧溪谷流淌而出的纯净，我有些兴奋。这清澈的溪河，似乎流淌着我儿时的欢乐。

顾名思义，葡萄沟以盛产优质葡萄而闻名中外，无论是景区里的杏园、阿凡提庄园，或是葡萄园、葡萄长廊，都是一个个葡萄王国。葡萄沟是火焰山山谷最大的一个沟谷，它像一条绿色的丝带，飘逸在盆地中央，风景秀丽。景区葡萄沟以狭谷里一个核心景点葡萄沟而命名，狭谷里有许多小景点，区间车把游客送至一个又一个小景点，里面最美最大的景点——葡萄沟游人最多。

葡萄沟景点是巴依老爷的果园，依山傍水。我们是一天中来得最早的一批游人，园林里还散发着清晨的气息。我看到园林里的葡萄架高如房屋，像来时路上的方形隧道。在葡萄架下还配有供人休息闲聊的长椅，如公园一般，环境幽深，凉爽清新。葡萄藤相互缠绕，仿佛是葡萄架上的血管脉络，疏密有致。葡萄叶布满枝叶和藤架，郁郁葱葱。葡萄走廊枝繁叶茂，一片阴凉。阳光透过青黄的叶片，光影斑驳，而那一串串或青或黄的葡萄串挂在枝藤上，丰盈饱满，晶莹剔透，特别惹人喜爱。人游其中，眼花缭乱，美不胜收。看着这些熟透的葡萄，芬芳醉人，我们兴高采烈，跳跃身子，伸手欲摘。没过多久，葡萄园里游人如织，红男绿女，与色彩斑斓的葡萄园景色相得益彰，我仿佛进入了一个绚丽多姿、五彩缤纷的世界,沉浸在葡萄走廊的美景中。那网格式的葡萄架,那婀娜多姿的葡萄蔓藤,那玉珠似的葡萄,在阳光的照射下,形成斑驳、耀眼、绚丽的图画。我有些迷醉,不断地用镜头拍下最美的画面。葡萄是园里的主角,还有百年古桑,老态龙钟的桃树、杏树、梨树,在不同季节里散发出醉人的芳香。

吐鲁番的葡萄举世闻名,在葡萄沟景点出口的超市,售卖葡萄的商店一家连一家,店主热情似火,客人络绎不绝。店内各种葡萄琳琅满目,有鲜的马奶子葡萄,剔透饱满,有晾干的葡萄干,色彩橙红,诱惑着我们每个人购买。离开时,大家手中都提着大袋小袋的葡萄干,像采摘了新疆之行所有的欢乐。

返回时,远远近近有一些低矮的蜂眼似的建筑,那是葡萄和其他干果的晾房。每年夏秋采摘的葡萄,利用吐鲁番干燥炎热的气候,在这泥土色的房屋里自然风干。吐鲁番得天独厚的地理位置和气候,成就了吐鲁番水果的香醇美味。我们要赶时间,没有下车看阿凡提故居、葡萄晾房,但从区间车上看到了阿凡提故居上的雕刻花砖,看到巴依老爷的豪华庄园。

三

火焰山是下午6点多才赶到的一个参观点,从车窗看到外面炙烤的大地和刺眼的光芒,心里炽热难耐,听到"火焰山"三个字,心里更是毛躁。以为有坎儿井、葡萄沟那样的阴凉,到了才知火焰山全是赤裸的岩石,没有任何遮阴处。下了车,热浪滚滚袭来,大家纷纷戴上草帽,女士们不仅擦霜、戴帽,而且还用纱巾遮住脸,只露出两只眼睛。我没有顾及这一切,顶着烈日,在热浪中奔跑。

　　其实，所有的景物一目了然，就是沙漠上横亘一座红褐色的山，山上没有植被，全是岩石。而山崖上，全是鬼斧神工的雕刻，或是凿刻出的一条条凹槽，那凹凸的竖纹，似燃烧的火焰。当地人利用火焰山打造景点。这是一片沙漠地带，景区耸立着一座座与《西游记》有关的雕像，有唐僧四人被困火焰山，有把芭蕉扇藏在身后的铁扇公主，有骑金睛兽准备参战的牛魔王，雕像栩栩如生，形象逼真。为了吸引游客，当地人还经营着骑骆驼、烧烤的营生，但是热浪滚滚，生意惨淡，游客走马观花匆匆而过。

　　到地下服务大厅，要穿过一个长长的走廊，两旁全是一幅幅惟妙惟肖的雕刻画，《真假美猴王》《大战红孩儿》《偷吃人参果》等数十幅雕刻作品镌刻在墙面上。穿过长廊，进入地理大厅，很多游客对地理文化不感兴趣，直接穿过，进入出口的购物大厅转悠乘凉。我独自在灯光昏暗的地理大厅浏览，反复、仔细看这大厅里一个个人物雕像，一幅幅壁画、油画以及下面的文字介绍。这里讲述着与吐鲁番有关的重要人物、重要事件。人物雕像如吐鲁番回鹘王国时期佛教翻译家和学者僧古萨里；如先后四次到火焰山，对坎儿井的拓展及推广发挥积极作用的林则徐；如北宋旅游家王延德；如边塞诗人岑参等。还有来吐鲁番考察、探险的外国人，如俄罗斯人雷格尔、匈牙利人斯坦因、日本人橘瑞超等。

　　火焰山是赤褐砂岩地貌，是《西游记》的外景拍摄地，地表温度高达摄氏90度，是我国最热的地方。在景区中央竖立着一根世界上最大的温度计，时时显示地表温度。我看了一下那粗壮的温度计，刻度显示为50度，此时是下午7点多。

吐鲁番是我们新疆之行的最后一站，与新疆五彩池、禾木、喀纳斯、那拉提、巴音布鲁克的自然风光一样，给我们留下了深刻印象。坎儿井凝聚着劳动人民的智慧，创造了人间奇迹。葡萄沟反映了人民群众的生活面貌，成为世界名片。从始而终，新疆大美，大美新疆，是每一个人最深切的感受。我们期待新疆的明天更加富饶美丽。

最美的遇见

　　从那拉提草原返回那拉提镇，在镇郊庄园里住宿下，已经是晚上9点多，但是天未黑，我们在公路上溜达，看到天边彩霞映红了半个天。我与祥哥异常兴奋，带着相机追赶远方的云彩，想找一个没有遮挡的地方，拍下日落的绚丽和辉煌。

　　一路上总也避不开高压电线杆、破旧房屋、通信线路这些零乱的东西。那红彤的夕阳和绯红的霞光，喜庆地洒满天空，时而红，时而紫，时而给紫红的云朵镶上金边。我奔跑着追赶天边这片缤纷色彩。

　　在路的转弯处，我急不可待地对着天际一阵疯狂地拍摄，把这奇妙美景留下。正待我收相机返回时，身后闪出一个女孩，手轻轻地弹了下我的相机，然后边走边转过脸，调皮地向我做了一个爱心手势。我被她的活泼可爱感染，本能地把镜头对准她，说："我给你拍一张吧。"女孩毫不拘束，大方地摆姿势，此时，她身旁几个小朋友一窝蜂挤过来，对着我的镜头摆出各种姿势。

　　我迅速地调整光圈、感光度和快门速度，此时，一个父亲把牵着的小男孩迅速塞进这群孩子中。不需要任何人布置，不需要我说什么，他们呼啦啦站成一堆，有的叉腰，有的做手势，有的扮鬼脸，每个人都笑得灿烂。整个画面生动、鲜活，特别是孩子们脸上的笑，似乎是从心底流淌出来的。我手忙脚乱地调焦、构图，构图、调焦，不管调好没调好，不管对准没对准，迅速地按下快门，唯恐这表情丰富、自然的画面消失。祥哥是新手，来不及调整相机模式，看到我相机里孩子们灿烂的笑容，一脸羡慕。

孩子们围在我身边，跳跃着，看我相机屏幕上可爱的自己。"可是，如何传给你们呢？"我盯着刚才对我做爱心手势的女孩说。她闪了闪机灵的眼睛，指着身旁的妇女说："加我妈妈的微信。"彼此加了微信后，我告诉满脸稚嫩、充满渴望的孩子："照片传给这位妈妈，她给你们每人传。"孩子们听后高兴地一哄而散，蹦蹦跳跳地跑进归家的夜色。

做爱心手势的女孩与我边走边聊，我告诉了她我的名字和地址，她高兴地告诉我她的学习情况。她说："我读四年级了，去年当了班长。"我由衷地夸奖她、鼓励她。边走边聊中，她从手机百度上搜出了关于我的介绍和我的作品，我惊叹当今智能时代的便利和孩子的聪颖。

晚上，我挑选了两张照片发给孩子的母亲。看着这能把心照亮的照片，看着这活泼的孩子，我心情愉悦。新疆之行，我拍摄了许多山水风光，也拍了许多人物，唯有这几个活泼可爱的孩子，是我最美的遇见。10年后，我退休了，如果再到这里看望他们，该是一件多么快乐的事啊。那个时候，他们都走上社会，成家成业了，当他们看到自己孩提时的可爱，该有多么高兴啊！人生就是这样，千里之外的偶然邂逅，茫茫人海中的回眸一笑，或许成为一生的期待。

新疆之行琐记

一

在去布尔津五彩池的路上，我们的车被后面追赶而来的警车拦住了。说追赶不够贴切，最多也就是跟随，因为跟了很长的路程并没有超过我们，也没有打喇叭喊话，当然拉过警笛，我们以为是警车行驶中的正常鸣笛，与我们无关。不料，真就是为我们而来。

不知发生了什么事，大家心中一团疑惑。司机王承疆老师被叫下车，我们以为要耽搁一会儿时间，没料到不到一分钟就回来了，我们好奇地问出了什么状况。王老师说，被检测到我们的车超速了，提醒我们不要超速。

就这么简单？大家不约而同地发出不可思议的声音。王老师开车速度并不快，或许就是区间超了点速，警察开车专程追赶几公里的路程，只为提个醒，真是难以置信。

这一路经过很多关卡，很多关卡都设有警察，检查过往车辆和游客的证件。他们对我们很客气，眼神犀利，但有礼有节。这为新疆旅游城市创造一个良好的社会环境，确保每一个游客的安全。这让我们感觉踏实、温暖。坦率地说，我对某些地方的某些警察有惧怕心理，冷冰、严厉、傲慢，像长满刺的蔓藤，扎人。

一路上，看到很多执勤的警察，他们皮肤黝黑，满脸严肃，但是他们严肃的脸上闪着人性的光芒，执法的理念中开着文明的花，我有一种温暖的感觉。

二

去伊犁的路上，经过崇山峡谷。司机王承疆老师说，这就是风景如画的果子沟了。车在盘山公路上行驶，果子沟是伊犁河谷的门户。白云蓝天，森林葱茏，峰回路转，风光旖旎，不一会儿，一座钢架结构的大桥呈现在眼前。这是一座在深谷中架起的大桥，桥面距谷底净高达200米，主桥高度分别为209米和215.5米，大桥全长700米，气势宏伟。桥与隧洞相连，既是一座含高科技的现代桥梁，又是一座投资巨大的桥梁。据介绍，桥全部采用钢桁梁结构，使用国内特殊专用桥梁钢材17000吨，并采用高强螺栓连接，安装精度控制在2毫米以内。大桥是新疆公路第一座斜拉桥，也是国内第一座公路双塔双索面钢桁梁斜拉桥。

新疆面积大，占全国总面积的六分之一，人口密度低，经济欠发达，但是，一路上都是宽阔的笔直的公路，非常漂亮，不弱于其他发达地区的交通情况。中央政府每年都要为新疆建设道路、桥梁，改善少数民族人民的生产生活条件，毋庸置疑，这是共产党的使命担当，体现了民族大团结大发展的向心力和凝聚力。

三

一望无际的沙漠，数百公里没有村庄，不见人迹。突然，视野里出现一片绿茵茵的植物，植物矮矮的，没有蔓藤，没有果实，既不像西瓜藤、苹果树，又不像番茄枝、葡萄枝，叶片圆润茂密。目光所及，郁郁葱葱，平展辽阔，土埂筑起土地的边界，每一块地的面积都有数十上百公顷大，地里的禾苗像川东种植的黄豆树，一蓬蓬，生机盎然，茂密繁盛。司机告诉我们，那是棉花。新疆是棉花生产区，现在还不是采摘期。我想起了老家也有人到新疆一半闲、一半忙地打工，忙时就是做采摘这成千上万亩棉花的工作。

后来，我又看到连片的玉米，密不透风，不像四川种玉米，间行耕作，自然没有四川玉米的粗壮肥实。司机王承疆说，新疆生产玉米，不是只收玉米，而是与秆一起收割，用于牛、马冬天的饲料。我恍然大悟。

新疆地域辽阔，有戈壁沙滩，有草原湖泊，有棉花玉米，有葡萄西瓜，相对而言，很多地方还是茫茫沙漠，一片荒芜，杳无人烟。我相信，随着我国科学技术的不断提高，国家的不断富强，这茫茫沙漠中会有长出茂盛庄稼的那一天，那时，长满庄稼、果实的地里一片欣欣向荣，到处充满生机和希望。

高原风光泸沽湖

5月13日至18日，我们一行9人，考察了荥经县、西昌市、盐源县和洪雅县的旅游资源。

令人神往的川西高原

到凉山彝族地区考察，在盐湖县的英子知道后，特别高兴，推荐我去泸沽湖，并说陪我一起去。凉山这个地方，印在我脑海里的，除了贫瘠、荒凉外，还有彝族文化和少数民族风情，令我无限遐想与神往。

盐源县离达州900多公里，驾车需要13小时，我们按照计划，先考察荥经县，第二日早晨从荥经县出发，经京昆高速，沿307省道往盐源县赶，这样就只有5个小时车程了。车一路奔驰，过了西昌后，太阳变得火辣，皮肤像针刺火烤，晒得灼痛。太阳狠毒，不仅把人的皮肤晒黑，而且能晒脱皮。

车在山腰上盘旋，从西昌到盐源沿路都是山，崇山峻岭，横亘绵延。山光秃秃的，像脱光了毛的大象脊背，偶尔长出的植被也是稀稀疏疏的，星星点点的树木矮矮的。山体上一道道沟壑，像被怪兽抓得满身伤痕，留下黄的、红的斑驳。盐源县地处青藏高原，我平生第一次看到青藏高原的地貌，自然新奇。山上为什么不长草木呢？我发现山的表层僵硬板结，呈紫色或褐色，像是火山爆发后，高温煅烧过的砂泥，骤然冷却粘在一起，很少有松软的泥土，便是从缝隙里或浅表层土里生长出来的植物，也都是矮矮的、瘦瘦的，像没营养的孩子般瘦骨嶙峋。这与大巴山的地质截然不同。大巴山，是岩石、矿石、青石连成的山体，但山体岩石的缝隙或凹处都有肥沃的泥土，因而树木茂盛、灌木丛生。少得可怜的草在山崖间零星出现，车上同事说："夏天被晒死，冬天被冷死，草还能生长吗？"我心底莫名地生出悲怜。

路两旁不见田地，不见庄稼，不见住户。时而爬长坡，时而下长坡，时而半腰悬空蜿蜒，有一次在一座高山与峡谷之间180度转弯，在狭窄蜿蜒的路上盘旋，从车窗看对面，感觉那条道路有些熟悉，细看，才知道走了半天，又回到了刚才那条路的旁边，而中间是一条深不可测的狭窄的深谷。峡谷两旁的山，陡峭挺拔，上面的公路，像是在岩壁上凿出来的，从车窗望去，那弯弯曲曲的路，像是系在山肚皮上的一根绳索，崎岖得令人害怕。我惊出一身冷汗，不敢再看走过的路。

如此走过一段又一段路程，时而半山腰，时而山顶，时而又是山脚，全靠峡谷深浅和山势高低来判断。在山脚，山谷间浅浅的河沟又窄又浅，像沙地里挤出的一汪清水，有气无力地流着，懒洋洋的，毫无宽阔的河那种雄浑伟岸，更无长江黄河那种有气魄地高歌猛进，一点也骄傲不起来的样子。

大山必有大河相依，山越大，河水越丰沛，可是对于盐源来说，缺少泥土，河里干涸无水，更没有灵性。一路上，没有秀丽山水，没有葱茏森林，唯有天上纯净的蓝天白云，让心通透和洁净。

走婚桥

我赶到盐源县城时，英子早就在县委大楼等候了。我跟英子是大学同学。有熟人在，一切都简单多了，吃饭、住宿、时间安排、路线方案，一切安排得妥妥当当。第二天早8点，她准时来到住宿处，与我们一起乘车向泸沽湖奔去。

县城到泸沽湖，水泥路面弯曲狭窄，路况还好，阳光像金色瀑布一样从东方倾泻而下，照射着峡谷南北朝向的山脉，阴阳两面，就是峡谷的同一坡面，也是上阳下阴反差强烈。头顶上一片湛蓝，湛蓝下的白云一团团、一簇簇，从山脉背后涌向天穹，干净而洁净。

2个多小时后，我们在泸沽湖东南草海下车，径直朝走婚桥走去。这里的天空豁然开阔、深邃广阔，我被这美丽的草海风光迷住，边走边拍。走婚桥长300多米，木质结构，古色古香，造型优美，宛若湖中游动的银蛇。

我们宛若进入一个干净透明的世界，或许，高原地区，无论在哪里，最令人深刻的莫过于蓝天白云了。蓝天白云宛若一对恋人，谁都离不了谁，离了谁都没有珠联璧合的美，一片深蓝、湛蓝、蔚蓝，蓝得深邃清澈，蓝得一尘不染。而布满天穹的白云，白得纯洁，白得通透，一丝丝、一缕缕、一片片、一团团，在苍穹中舒展着，飘浮着，重重叠叠，分分合合，有的腾空而来，呼之而出；有的泼洒蓝天，天马行空，或密或疏，或大或小，自然天成。初夏阳光明媚，仅是这蓝天白云勾勒的天穹美景，就让人醉得不想离开。

走婚桥上的游人络绎不绝，同事们早已不见踪影。英子陪我边走边看，草海美景，美得让人迈不动腿。那茂密的芦苇，远远望去，像一片草的海洋；湖泊对岸，掩映在山水之间的一排排房屋错落有致。那湖边的柳林，柳树成荫，柳枝飘荡。一匹匹不同颜色的骏马，在柳树下悠闲地吃草，旁边的摩梭人等待着游人。还有些游客干脆或坐或躺，在柳林里小憩。在一个一半是绿色草海，一半是枯死草丛的"岛屿"，几个游人脖子上的红纱巾、绿飘带，组成了诗意的画面。大自然色彩斑斓，本身就是最美的杰作，一池碧水，一群鸭鹅，一抹阳光，甚至一地枯草，都是巨幅作品中最美的点缀。金色阳光铺泻而下，一望无垠的草海，绿的树、黄的草、青的叶、紫的土，交错映衬，由近及远，层层铺开，色彩斑斓。最为美丽的，是远山，在光的反射、折射下，与地面各种色彩相互映衬，形成一片湛蓝。这如诗如画的旖旎风光和绚丽色彩，我想任何艺术大师都无法描绘。如此的美轮美奂，引游人赞叹和文人骚客折腰！

我们走在桥上，如走在画中，走在艺术的天堂，那是直抵心扉的醉人。来这走婚桥，已然是醉翁之意不在"婚"，而在旖旎风光也。

高原风光泸沽湖

午餐后，英子给我们找来了当地的拉客车，下午到湖边游览。大家不顾阳光毒辣，急不可待地往湖泊赶。车进入洼垮湖湾，湖光山色近在眼前，清澈碧绿、洁净明丽的湖水让我惊叹。

或许是昨夜的一场雨，山边的雨水裹着泥沙灌进湖中，湖边有一条浑浊的水带，与湖中间蔚蓝色的湖水泾渭分明。望着远方的美景，湖心岛屿与湖边山色点线相连，一望无际，碧蓝幽深，水天一色，波光潋滟，给人气势磅礴、博大精深的感觉。

一条通往湖中的断浮桥像电影画面展现在眼前，旁边许多游人在等着上桥拍摄。我这才发现，浮桥是风景画面的点缀，人站在浮桥上拍照，人景合一，美不胜收。如此点缀，还有或停靠岸边或漂浮湖中的众多木船、彩船。

这时，只见浮桥桥头两个年轻女孩，一个穿白色套裙，一个穿红色衣裙，任由摄影师拍摄。我忙不迭地端起相机，不失时机地抢下一张张天人合一的照片，心里有一种意外的窃喜与兴奋。站在岸边，抬眼望去，天上白云呼之而来，湖中木船惬意游动，上下呼应，宛若一组蒙太奇电影镜头，形成强烈的视觉冲击。

车来到半山腰。凭栏而望，一座岛屿立于湖中，上有金碧辉煌的庙宇建筑和许多客栈、餐馆，一条小路从山脚的岸边通向岛屿，人来人往，倒有几分热闹。湖面不因雨水而涨落，人在小路上，低头弯腰就可以击浪戏水，或坐岸边泡脚，别有一番情趣。

岛屿风光旖旎，无论怎么看，都有一种意象美、动感美、艺术美，真是神奇，横看成岭侧成峰。回到岸上，沿湖而走，转过头，岛屿又似躺卧的睡美人，宁静怡然，难怪当地人称之为情人堡。

湖水悠悠，碧波荡漾，绕着这泸沽湖环行，不知不觉，整个身心都会沉浸在这湖光山色的美景中。高原下的风光热烈而奔放，宛若重庆女子火辣豪爽的性格。而高原下的泸沽湖，在阳光的照射下，湖面像铺满了碎金子。湖泊宽阔博大，总是那么淡然，有如江南女子的恬淡与宁静，透着一种诗词般的优雅韵味，妩媚迷人。

水是万物之灵，柔情缠绵，一行人陶醉地漫步在泸沽湖上，在鹅卵石铺成的垂柳堤下，像孩子一样赤脚，在鹅卵石上跑来跑去，或踩在水里嬉戏玩水，那晶莹碧绿的湖水，那闪烁圆润的鹅卵石，美得让人赞叹，谁不想在这精彩绝美的山水画卷中享受人生呢？

这时，远处轻舟若飞，留下一串欢笑。轻舟之后，浮光跃金，波光粼粼，像是被揉皱了的绸缎。谁说只有醇酒才能醉人？高原下这金灿灿的阳光，这湛蓝的天空，这如染的山峦，这碧绿的湖水，这纯洁的白云，都令人心旷神怡、神清气爽。我的心似要飞翔，我拾起闪亮光滑的石子掷向湖面，溅起碎碎的浪花。

泸沽湖是群山环抱中的一颗璀璨明珠，宛若端庄大气、楚楚动人的淑女，吸引无数游人。泸沽湖摩梭人的风情与传说，又给这里蒙上一层神秘面纱。格姆女神山的传说，博凹岛的记载，里务比寺的神秘，情人滩的故事，总是牵动着游人的心灵。

泸沽湖独具魅力，南北长9.5公里，东西宽5.2公里，是摩梭人宝贵的自然资源。湖中有岛，岛中有林，充满原始风情。无论你是什么样的心情，在这拥有海一样气魄和胸怀的湖边，都会有一种灵魂的洗涤与震撼，有一种陶醉于山水的心旷神怡。

返回泸沽湖镇宾馆已是下午5点，大家累得回宾馆休息。据说洛洼码头的夕阳最美，对于爱好摄影的人来说，不去拍摄定会遗憾终身。我从床上一跃而起，挎上相机，独自一人租车朝洛洼码头赶去……

荥经产业是黑砂

荥经县小得没什么名气。县领导特意把我们带到非物质文化遗产保护的黑砂生产企业。在大厅，地面上、桌上、柜上堆满了粗加工的黑砂产品：黑砂水罐、香炉、茶具等生产生活器具，琳琅满目。到了后厅，人们眼前一亮，装潢精致，灯光照射，照亮每一件艺术品。墙体上是一幅幅关于黑砂产品的摄影作品，玻璃柜里，珍藏着一件件手工制胚、雕刻、喷釉、馒头窑烧制的作品，如朱庆平的《玉汝天成》、严云杰的《大龙宝玺壶》、李雪松的《孙悟孔梦》，无论是摆件、器具，还是雕像，都有艺术性、观赏性和实用性。

荥经黑砂为中华民族优秀传统文化的组成部分，荥经县挖掘黑砂制品中的文化内涵，提升工艺设计和制作水平，无疑是一条特优产业发展之路。在黑砂作坊里，一道道原始的工序赋予荥经砂器历史的厚重。在一个角落，几个女人正在对烧制品上釉，动作很慢，很细心，她们说还要人工细细打磨，还有一些精细的活。

经介绍，我认识了展厅图片上的工艺名人曾庆红。他看起来活脱脱一个农民模样，做着农民的活，让你无法与民间艺人联系起来。但是这些黑砂，经过他们的巧手，闪耀着浴火重生的光彩。

这些纯天然原料制作的生活器具，散发出原生态的味道。在黑砂一条街上，同行者走进一家又一家店铺，选购自己需要的、喜欢的砂锅。这黑砂器具店铺分布在道路两旁。表面上看，这些商品质量都差不多，但价格因匠人的名气不同而高低不同。

荦经黑砂民间工艺，加入现代文化元素，经过打造和锤炼，告别了传统的汤罐、药罐等简单生活器皿的单一定位，逐渐向高端工艺制品领域发展，使丑小鸭变成了白天鹅。这些黑砂产品独具匠心。曾庆红、朱庆平等砂器烧制艺人，与绘画家、雕刻家合作，煅烧出高端黑砂器具或工艺品，从下里巴人走向高大上的国际市场。我们看后有一个强烈的感受，那就是荦经黑砂将为这个县发展经济提供强大助力，但是在规模、布局、管理方面，还处于散状的、零乱的状态，譬如黑砂销售一条街，都是农村门市那样个体经营，或像藤竹市场一样，摆放无序；砂胚制作的工棚也是原始小作坊，一般匠人是临时招用的想来就来、想走就走的农民；管理上，完全是作坊主自主经营、管理，像个体小作坊。任何产业，要科学管理与运营，程序化、规模化生产，才能占有市场，才能真正成为强县富民的产业。我想荦经县定有所谋划，期待黑砂产业成为荦经经济腾飞的翅膀。

博物馆是一本厚重的历史书

沿途考察了4个县的博物馆。给我印象最深的，是雅安荦经县博物馆。那里陈列着戟、剑、斧、戈、矛等青铜兵器。我第一次分清了什么是戟，什么是戈，什么是矛。

荦经还出土了战国巴蜀镶嵌绿松石勾连凤鸟纹四钮青铜盖罍，为镇馆之宝，原品被中国博物馆收藏，展示在大厅的是一个仿制品。由盖与罍身两部分组成，为大型的盛酒器，也可盛水，为礼器，象征国家权力和高贵身份，在祭祀天地、鬼神和祖先等场合必不可少。器物上的花纹非常漂亮，犹显当年王侯将相的气派和尊贵。展厅还有黑砂坛罐器皿，如储茶罐、砂瓶、黑砂香炉。文物是当时人们活动的遗存，一枚如纽扣般小小的东西，放在地上谁也不会注意，是1986年同心村出土的战国巴蜀圆形"王"字纹青铜印章，在研究巴蜀战国时期的社会生活具有十分重要的作用。

每个博物馆都是一本让你几天几夜也读不完的大书。我们每到一个地方，看着那些具有科学性、历史性或很有艺术价值的文物，就欣喜若狂，这些文物是当时人们政治、经济、文化、社会的反映，对一个地方具有十分重要的史料价值。看着这些文物，脑海里出现历史风貌和人们活动的画面，甚至刀光剑影的厮杀场面。每一件文物的背后，都有厚重、沧桑的历史，让你感受人类文明的独有魅力。

真诚而热情的英子

英子是我大学同学，见到她时，差点不认识了，她脸上有斑点，比以前胖了许多，唯一不变的是她的热情、爽朗。

晚饭安排在一个农家乐。从宾馆走20分钟就到了。这个农家乐是城郊的一个院子，看上去简简单单，砖瓦结构的矮房，院子里有几棵枇杷树，枇杷树上还零星地挂有没有成熟的淡红色的枇杷。院子雅静，似乎没有其他客人。进了餐厅，一张容纳十五六人的电转圆桌出现在眼前，桌子中央的花盆插满鲜艳的花。我们在英子的热情招呼下依次落座。菜很丰盛，年轻的服务员熟练地给桌前每一个人酌满白酒。主宾英子开席，热情地表达欢迎之意，说话不急不慢、落落大方，然后大家觥筹交错，把酒言欢，依次敬酒，互表情谊。

英子活跃着桌上的气氛："感情深，一口闷。""点点滴滴都是情。""人生几何，不喝白不喝。"……于是你一杯，我一杯劝着喝，喝着劝，本没什么交往，甚至陌生得不知对方姓名，也称"好兄弟""好哥们""好姐妹"，说得对方舒坦，酒咕噜一声下肚，都是真情、真心。英子不停地介绍特色菜：野生菌、手抓猪排、手抓羊肉……大家酒足菜饱，醉眼蒙眬。

第二天的住宿英子为我们联系了泸沽湖最好的宾馆，英子把我们的路线、行程、时间安排得很紧凑，住宿、用餐、用车都考虑得很细致，让我们不仅饱览了泸沽湖的胜景，而且感受到了同学间情谊。

风轮与桥梁

5月14日下午，车在307省道上行驶到海拔2500米高的小高山上坡路段时停了下来。我探出头去，发现前面堵了一长串车。坐车久了，大家下来透气，徒步前行想看个究竟。走过几百米后，拐了一道弯，一辆庞然大物的重型运载车停靠在边上，占了大半道路，车上载着我从没见过的超长叶片——风力发电的风车叶片，足有七八十米长，叶头固定在重型运载车的长箱里，叶尖、叶身则悬于半空中。我是南方人，第一次看到体形庞大的风车实物，甚为惊奇，认真看了运载车上的装置，揣摩其运输的技巧，再往前一看，还有两辆运载车像蜗牛一样爬行。

沿途有交警护航。这是一段转弯多，又爬升又下坡的路段，这种装载重机械的车无法避让，唯有临时交通管制，其他车辆谁也急不得，只能等它们以蜗牛的速度通过这座山。行驶中，司机与"平衡箱"里的风轮操控员密切配合，司机在前面驾驶，操控员要根据路况调整风叶片，还要避让树木、电桩、房屋、电线等而不断调节高度，载重车的油门轰隆隆响。如此复杂艰难的运输过程，看得我惊心动魄，冒出一身冷汗。

一个多小时后，三辆运载车才行驶到可以让车的宽阔地带，长龙一般的车队，从靠在边上的运载车旁鱼贯穿行……

在盐源县城，我从车窗看远山，看到那绵延的山脉上耸立着一排高高的风力发电机。那超长的叶片，在广阔的天地间犹如一只只小小的风筝，轻松而灵活地转动。风力转化成电能，是人类利用自然的智慧，是社会发展的见证。

一路上风驰电掣，我们来到锅底凼加油站。左前方一座雄伟大山的山腰上，一条环山玉带吸引了我们一行人的眼球。同行者说那是高速路，一会儿我们也要从那上面经过。我惊诧不已，雄伟高大的山峰像戴了一顶没有帽沿的帽子。在阳光的照射下，这条高速公路流光溢彩，有一种灵动美。看到这体现智慧与科技水平的桥梁，谁都忍不住发出感叹，而我们将要在这盘旋的高速路上飞驰，心中更是兴奋。

这一路的地理风貌、山水风光和民俗风情，给我留下了深刻的印象。

刊于《达州日报》2019年6月28日第6版（节选）

厦门风光

每一个城市都有它特有的符号，沙滩、环岛、鼓浪屿，是鹭岛厦门的符号。厦门是开放城市，经济繁荣，发展快速，是很多知识分子、科技人才的创业舞台，也是农村青壮年淘金的摇篮。

码头夜景

2019年11月17日，从重庆起飞，兴奋地来到这个令我新奇的滨海城市，有种摸不着北的感觉。安顿好住处，吃过晚饭，天已经黑下来，我第一次来厦门，不甘于在酒店休息，与同行的人穿过酒店前的地下通道，来到岸边的滨海路。

我没有见过海，没有来过厦门，对厦门这座滨海城市早就心驰神往。此刻，一望无际的大海，让我的心飞扬的大海，就在脚下，可是大海睡着了，我只能隐隐约约地看到她模糊的脸庞，听到她匀称的呼吸声。

面前是轮渡码头，这时正好有轮船靠岸，从轮渡码头涌出熙熙攘攘的人群，他们脸上写着安神与淡然。往前走百余米，一栋建筑墙上有"中国海事"几个霓虹灯大字，非常醒目。我在远离故土的地方有了归属感，这是管理海上安全、通航秩序等船舶事务的管理机构。我这一生，无论走到哪里，只要看到空中飘扬的五星红旗，看到悬挂的中国国徽和政府标志，内心就自然而然地觉得踏实，不再有因陌生带来的恐惧，不再有钱被抢、物被偷、人被欺的担心。

沿着海岸线往前走，忽然看到海岸边停靠着很多海军舰艇。这里是海防。海防是守护海域的屏障，是保家安邦的劲旅。我国的海防事业起步晚，海防能力和海防技术远不及发达国家，鸦片战争、甲午战争不堪回首。但是，这些年，国家在各方面都发展了起来，海防作为驻守海岸边境中国军事力量的一部分，已是今非昔比。海军舰艇上写有"中国海军"四个铿锵大字，让人心里有一种安全感和自豪感。我远远地伫立着，心里充满了敬畏，仿佛看到了一个个血气方刚的海军士兵在沙滩上操练的场景，看到了边防战士保家卫国挺起脊梁的身影……

朦胧的夜色很美，海岸上灯火闪烁，海滨路的景观灯，码头、轮渡上的照明灯，大厦的霓虹，流光溢彩，姹紫嫣红，远远近近，高高低低，在大海沿岸、城市高空形成闪烁的灯光世界。轮渡码头的对面是鼓浪屿。从码头上看过去，鼓浪屿上那或高或低的灯光照射在黑蓝的海面上，波光粼粼。鼓浪屿仿佛是一颗璀璨明珠，与厦门的闪烁灯火相互呼应，形成五彩斑斓的迷人星空。

这茫茫大海与苍穹天际，仿佛被蒙着若暗若明的神秘面纱，辽阔深邃。漫步在海岸线上，空中弥漫着潮湿的咸味，这是海的味道。我喜欢这样的味道，用力地吸几口，要吸个痛快。夜深了，海风大起来，吹在脸上，像女子的手在脸庞上摩挲，看着身旁女士的长发被海风撩起，我心中涌动出诗行：晚霞落下之后/一

不小心　站在轮渡口岸/暮色天空　捂住/喘着粗气的潮涌……岸头的霓虹灯/醉在自己的故事里/扎进海里开成碎金碎金的浪花/忽暗忽明。

美丽环岛

　　每天从酒店到厦门大学，又从厦门大学返回酒店，我总是怀着新奇的心情，把目光投向车外，一边是环境优美的城市，一边是辽阔的茫茫大海。一路上，椰子树、健身跑道，景色宜人，世茂会展中心、金融大厦、环岛路，十分漂亮。以前，这里只是一个小渔村，成立经济特区后，东方风来满眼春，这里春潮涌动的日新月异，很难想象，在不到40年的时间里，建成了全国最美的城市之一。

　　车在环岛路上行驶，我被那上下交错、盘旋起伏的道路所吸引。这弧形道路是沿海而建的，海岸线车道人车分流，在世茂会展中心前交汇。交汇处又架设了几条圆形分流道路，形如一个环形半岛。环岛路紧靠大海，许多路段是在海里架设桥墩修建的，形似桥梁。环岛路似桥又是路，似路又是桥，远远看去，像神来之笔的抛物线。我往返于这形似环岛的道路，领略着厦门城市的美丽，惊叹这惠民、便民的工程。

　　大海、沙滩、彩色路面、青草、绿树，构成了环岛路美丽的景色。我想到环岛走廊赏景沐风、扶栏听海，如果环岛路是线谱，蓝白相间的护栏桩就是线谱上的音符。这弯曲起伏的环岛路，勾勒着城市的轮廓，是一道亮丽的风景线。

初游鼓浪屿

鼓浪屿与厦门中间只隔一条宽600米的鹭江。鼓浪屿成了厦门的一张名片。鸦片战争以前，这里只是一座人烟稀少的荒岛。

下午4点，初冬的阳光暖融融地铺洒下来，我们从码头登上轮渡，脸上布满兴奋，站在扶栏旁，我没有去坐座位，而是满心欢喜地凭栏而望。一望无际、宽阔平静的海，是我魂牵梦萦的地方，来厦门几天了，这才算得上安下心来与大海亲近和拥抱。大海一片湛蓝，在阳光的照射下，波光粼粼，与蔚蓝的天空连成一片，天空洁净、明丽，满眼全是淡淡的蓝。

渡口、轮船、景观塔、彩虹大桥、无人小岛，在天穹下只是一个个小小的符号，点缀于气魄宏大的全景中。只有到了海边，才知道天空有多空旷，视野有多辽阔，岛上的建筑、道路、人文景观等，形成了海滨城市的旖旎风光。金茂会展中心两栋大厦，高88层，是厦门的标志性建筑，形若船帆，直插云霄，反衬"众楼小"。而那美丽的黄金线环岛路，宛若一条绿色绸带，缠绕海岸。

厦门是全国最美的城市之一，在我看来，美在规划。城市很少有高楼大厦，而且彼此相距较远，人们居住轻松、舒适。

约半小时后，轮渡靠岸。海滩上有一块两米多高、中有洞穴的礁石，涨潮时浪击礁石，发出似擂鼓的声响，鼓浪屿因此得名。鼓浪屿这个小岛，不仅住过许多外国人，留下了许多文化遗产，而且是乔木、灌木、藤木等植物的天堂。

鼓浪屿处于亚热带地区，气候温润，本身就适宜各种植物生长，岛上植物繁多，还有许多名贵的树木长在坡前路边、庭院前后。有的修长笔直，亭亭玉立；有的藤蔓缠绕，优美曲折；有的高大挺拔，遮天蔽日。椰子树仿佛是海滨的标志，走到哪里都有它。一棵棵椰子树成排成林，宛若苗条高挑的女子，昂首挺胸，守护着大海，庇护海与岛的安宁。我们随着导游跑了一个又一个景点，对许多美丽景观流连忘返，对许多人文故事似懂非懂。

鼓浪屿被称为"音乐之岛"。在这不足两平方公里的岛上，走出了周淑安、林俊卿、殷承宗、陈佐煌、许斐平等一大批杰出的音乐家。在钢琴博物馆，我似乎听到了鼓浪屿整个岛上曼妙的音乐声响起……

我们走过日光岩、菽庄花园、毓园，感受自然、人文风光。在郑成功纪念馆前肃立，回想他抗清，驱逐荷兰人的一生，心生敬仰。三明路美国领事馆、鹿礁路英国领事馆已经改作他用。

南方比川东要早半个小时，5点多点天已经昏暗，后来才知道，还有许多西欧建筑和堂舍会所没有去，颇为遗憾。

晚餐安排在黄家花园，这里原是华侨巨商、"印尼糖王"黄亦住的住所。这是一家海鲜店，上下两层，大概四五百平方米，50年代接待过邓小平、尼克松、李光耀等政要。我们走进餐馆，生意红火，或许大家都是奔着这个"国宾馆"的光环而来的。

晚餐后，外面已灯光闪亮，我们走在短而窄、纵横交错的鼓浪屿街道中，游人如织，各家店里的商品琳琅满目，街上的酒吧、咖啡厅、书店装修得温馨浪漫。这些楼房与鼓浪屿上的教堂、学校、医院、公馆、别墅，甚至后来建的领事馆一样，各有风貌，十分漂亮，展示了西欧建筑风格和西洋文化。

鼓浪屿的近代史既是一段受侵略者欺凌的屈辱史，又是一个中华人民共和国崛起后改革开放的缩影。鼓浪屿是被列入世界遗产名录，又是国家5A级旅游景区，许多文物遗产弥足珍贵。厦门对这些建筑进行了修缮，成功申报重点文物保护单位，并将重点历史建筑、原多国领事馆纳入公共开放的无围墙生态博物馆系统，既正视历史、尊重文化的态度，又反映了包容的胸怀和开放的姿态，其意义远远不止于铭记。

写意龚滩

五一约好去重庆龚滩古镇，为了错峰，我们头天傍晚从四川达州城区出发，飞驰了450公里，当赶到龚滩时，凤凰山麓和它怀中的阿蓬江、乌江都已睡去，唯有这古镇在繁若星辰的红灯笼中扑朔迷离。

古镇街巷

清晨，我习惯性地早起，才发现这里地势狭窄，房屋都建在江边坡坎上。我住的小滩子客栈也在悬坎边，客栈前是去江边又陡又长的石阶，对岸是峭壁如斧削的山峦，此山与彼山之间的峡谷就是乌江。乌江的水碧绿如浆液，崇山峻岭中薄雾缭绕。

天地造物，在明代万历年间，山洪暴发，岩崖垮塌，填江成滩，久而久之有了人住，形成村庄。居住的人家以龚姓为多，故名龚滩。从贵州而来的乌江像完成了一段修行，在这里孕育了连接重庆的黄金口岸，成为乌江流域乃至长江流域著名的货物中转站。风雨沧桑，历经1700多年的龚滩口岸受到江水的侵蚀，当地政府为了保障居民的安全，重新规划，2006年将原古镇建筑整体上移，才有了现在这个模样。

　　江水沁人心脾，我站在石阶上正踌躇是否去江边时，一个小伙子从江边沿着陡峭的石梯攀爬而来，从我身旁走过，然后，转过客栈巷道就不见了。我转过身顺着他的方向走去，惊喜地发现，有一条蜿蜒的石板路，街道上挂满各式各样的彩旗、招牌或者方块木牌，窗、枋上悬挂着高高低低的红灯笼、宫灯，分外耀眼，仿佛回到明清时代。

　　街面由3米左右的石块铺成。街道和建筑的石头取材于当地，质地脆而硬。街面或石阶，有的石缝之间有意不填充粘连物，留下空隙，反倒干练、简洁。街道两旁的木结构建筑，古色古香，风格别致。

　　许多店铺都没有开门，街上更是行人稀少，给人一种清晨宁静的感觉。雀鸟起得早，在屋梁上顾自欢叫，那清脆悦耳的声音，飘过门窗，唤醒睡梦中的古镇。

　　吃过早餐，街道上的人慢慢多起来，我因为清晨走过一遍，像是向导，引领大家沿着老街和巷道一家一家看过去，仿佛进入影视剧场境中，一街一巷，一楼一阁，一窗一门，石道、小巷、老街，如诗如画。

　　就说古镇的客栈吧，都是明清时期的古建筑风貌，有两层楼的，也有四层楼的，大都三层楼，屋檐若鸟翼伸展，线条柔和优美。楼层之间的过道、舷梯悬空，层次分明。房屋上的斗拱、榫卯、间枋、梁柱等，给人古道苍劲、擎天刚健之感。

　　走过一段，转弯处是陡峭而下的石阶或巷道，给人诗一样的意境。由于地势狭窄，悬崖上的房屋都因势而建，木梯、长廊、榭台都设计在室外，木柱形若吊脚。吊脚楼把力学知识用到了极致，极大地增大了室内空间，充分展现了古人的智慧。木楼不仅顶檐盖有青瓦，过道、廊台、梯子上也有耳檐，为走廊、榭台、转角遮雨。这些耳檐，由灰瓦一片一片叠着，整齐有序地排列，既不单调又不乏味，有一种简单明了的美。

窗棂不只是为了透光和通风，房屋有了窗，建筑才是活的。窗棂是房屋的灵魂，窗棂上的格子简单大方，线条明快。不仅是窗户上有格子，而且门的上半部分也全是棂格，长廊、舷梯的护栏上也是网格。

最朴实的，就是最美的，大凡古镇木楼，都是木材本色，只因木材年代不同而色淡或色浓，呈现深浅不一的铜色、红褐色、墨色，古朴简约。为了保护和加固木构件，对榫卯连接处涂漆或刷桐油，既是装饰，又是固化。有的斗拱、梁架、间枋等，还绘有图画，与灰瓦、红柱相得益彰，让整个建筑熠熠生辉、别具一格。

走着走着，突然一座高大的建筑出现在眼前，它是砖石砌成的灰色建筑，气势雄伟，色彩淡雅，门上"西秦会馆"字正笔端，院内庭院深深，疏影横斜，花草植物，自由生长，掩窗映柱，有的爬满高墙，有的伸出窗外，赋予生机与灵气。绿色的植物和繁盛的花，在客栈、店铺、街巷上随处可见，为古色古香的古镇增添了鲜活的气息和诗意的烂漫。

我与朋友不约而同地走进院内，反复观赏。这西秦会馆建于清光绪年间，墙高院大，造型左右对称，中轴明确，是典型的中式建筑，内设正殿、偏殿、耳房、戏楼，墙体和楼宇雕梁画栋。武庙、川主庙、大业盐号、杨家行、童家祠堂，还有保存完好的封火墙等古建筑群，颇具规模且保存完好，堪称古建筑中的珍品，让人叹为观止。据说曾经发生过几次大火，而这些古建筑都幸免于难，经百年沧桑，于风雨中不倒，真是神奇。

古镇建筑反映了中华民族璀璨的建筑文化，不仅具有旅游价值、艺术价值，而且具有史料价值和研究价值。

渡船彼岸

听说租船可以去古镇彼岸，我们兴奋地急忙拨打电话。傍晚，一个青年小伙撑船从乌江对岸而来，乌江虽然狭窄，但是如果没有船只，也是两岸一道不可逾越的屏障。不到10分钟，小伙子就把我们渡到了一江之隔的彼岸。

彼岸陡峭的山崖下只有两间低矮的房子，我以为是废弃的木屋，没曾想小伙子一家就住在这里。我们穿过房子，沿着屋后一条小径往后山上爬。龚滩古镇在西岸凤凰山麓下像一块椭圆形的红宝石，山崖悬坎边是土家吊脚楼群，错落有致，气氛恢宏。

爬到半山腰，天空暗了下来，弧形的江岸景观灯带亮起来，映照在江面上，仿佛缠绕古镇的黄金绸缎。紧接着，街上繁若星辰的红灯笼也亮起来，倒映江中，被碧波荡漾的水轻揉成影影绰绰的画面，有一种灵动的美。夜幕下，龚滩古镇与凤凰山连成一体，宛若一艘停靠在岸边的巨艇。巨艇上下两层，上层是水泥结构具有现代气息的新镇，下层是我们漫步其中如诗画般的古镇。我选了一个角度，架上三脚架，用广角镜头分段拍下长约三公里的古镇全貌。

从山上下来，天已黑透，这里是贵州地界，这户人家自然是贵州人。女主人50多岁，她脸上有岁月的沧桑，靠为过江的人撑船或偶尔给来客弄些饭菜维持生计。她说她有两女两子，老大老二是女儿，都已经出嫁，为我们撑船过江的是老三，老四还在一所大学读书。他们一家住在这狭窄的山崖下，没有种粮的土地，没有电，没有邻居，孤零零的，这家人夹在门前的乌江与高大的后山之间动弹不得，位于省与省的边界，只有后山上那条崎岖小路是连接同宗同族的纽带。人是群体动物，他们连邻居都没有，我不知这样的生活是不是有些孤独。

夜话古镇

晚上回到古镇，街上灯火通明，夜景璀璨，许多游客还在街上赏景。我们从街头走到街尾，从江边走到深巷，在青石板老街中，在斑驳的石阶上，聆听风与岁月的呢喃。

深夜11点多回到客栈，客栈里还有阵阵欢笑声，同行的朋友不知疲倦，兴奋得没有睡意。我们索性坐在观江长廊，看古镇的迷离，听红尘的脉搏……

住腻了水泥浇筑的钢筋建筑，厌倦了令人窒息的城市，在这个可以与丽江古镇媲美的江边，我们住了两天，这是一个可以让心安定的地方，给人远离尘嚣的宁静。我喜欢这雅致的建筑，这古朴的民风，喜欢古镇栅栏处、榭台上、窗格前蔓藤掩映；喜欢那不被修剪的瀑布般倾泻下来的三角梅，灰色的瓦檐、槽脊，仿佛青春懵懂时的抒情短诗；喜欢夜灯下的吊脚楼、格子窗、红灯笼……

就这样有一句没一句地聊着，我们似乎总有聊不完的话题。第二天，将要乘船到乌江之上看乌江画廊，乌江画廊是景区的一部分，那是一幅水墨画。

刊于《达州日报》2020年6月12日第6版

生态旅游"卖生活"

"上有天堂，下有苏杭。"这是对杭州最高的赞誉，这些年来杭州发展在全国前列，城市建设、特色小镇、乡村振兴迸发蓬勃生机，像一朵朵灿烂的花开在西湖堤岸、钱塘江畔，开在改革开放前沿阵地，引领全国发展潮流。

4月21日，我随团来到享有"东方剑桥"之称的著名学府——浙江大学，参加了一期短暂而宝贵的乡村振兴与特色小镇建设专题培训。两天教室教学，三天现场教学，都让人有很多收获。我结合工作实践和思考，对梁雪松教授讲的生态旅游有了新的认识。可以说，那是未来的旅游，是人们心中向往的旅游。

旅游是经济发展起来后人们必然的生活方式，旅游业刚刚兴起时，人们纷纷奔向名胜大川，看险山奇峰、峡谷、溶洞、草原、枫林、雪乡等旖旎风光，这些自然资源成为最为宝贵的旅游财富。这样的旅游正是梁教授讲的"观光旅游卖资源，休闲旅游卖生活"。当前，每到节假日，这些景点地区人山人海，交通拥堵。景区的人山人海反倒成为一种风景。"上车睡觉，下车拍照，回家全忘"成为旅游的模式。今天，人们生活压力增大，节假日不再追求这种与工作状态一样匆匆忙忙的到此一游，而是喜欢到田园、山涧、农庄，或者漫步于古镇、小溪，享受慢下来的生活。旅游从"卖资源"转变为"卖生活"。"卖生活"，就是以休闲的方式享受生活，人们旅游，就是"买心情""买感受"，以"品生活"的方式享受慢下来给人们带来的快乐。梁教授所说的生态旅游，正是当代人走走停停、自由自在品味生活的旅游，正是人们内心寻找的那份快乐。

特色小镇就是让人们慢下来、留下来，"品生活"的旅游，特色小镇满足了人们的需求。旅游产业、特色小镇、乡村振兴，三者之间就这样像线一样有机串联着。生态是旅游的根本，文化是旅游的灵魂，"文化是玩出来的"。一个"玩"字，让人想到了吃喝玩乐，想到了走走停停，想到了享受生活的度假。旅游就是玩。玩吃，玩看，玩文化。譬如吃，到一个地方，有些手工作坊制作出来的东西，豆腐、咸菜、泡椒，虽然没有商标，但味道正宗、独特，人们喜爱。一间民宿，一个书店，一幢老屋，一座博物馆，一砖一瓦，都有它本身的风骨，都体现着一个城市的精神。乡村特有的风景，让人一待就是十天半月。

"乡村振兴不是五年计划，五十年都不会停止，这是大战略。"梁教授说。这与我对乡村振兴的认识一致。乡村不富，国家不富，乡村不振兴，国家不振兴，这是今后很长时间都要面临的课题，是全国人民奋力抒写的大篇章。徐建林教授讲的乡村振兴背景下特色小镇的可持续发展之路，与梁教授的观点一脉相承、相得益彰。特色小镇是乡村振兴背景下的产物，特色小镇是实现乡村振兴的抓手，是振兴乡村的动力。

乡村振兴是大文章。现场教学，我们去了海宁桃园村、梦想小镇、安吉余村、蔓塘里、刘家塘等，这些特色小镇，为我们提供了城乡生态旅游的样本，无论到哪一个村，无论其特点是什么，产业是根本，规划是前提，人才是保障。这些地方的村容村貌十分美观，绿化得像公园一样，谁去了都想慢下来"品生活"。譬如余杭区仓前街道的梦想小镇，向我们展示的不仅有建筑风格、小溪流水、农活体验，而且有我们肉眼看不见的软件开发、集成电路、动漫设计、网络安全等高科技，是大学生创业的乐园，是青年人创造人生价值的舞台。特色小镇像磁铁一样吸引青年男女去旅游，这种"慢生活"的旅游，成为这里的一个新产业。

从一个村赶到另一个村，有的彼此相距数十公里。一路上，高山峡谷，森林密布，全是厚厚的绿绿的植被，美到了心里。4月的杭州，更是绿树成荫、繁花似锦，置身于这公园城市中，心旷神怡。什么是"创新、协调、绿色、开放、共享"？什么是"绿水青山就是金山银山"？杭州给了每一个旅行者、参观者最直接的答案。

旅游是生活，是闲下来的美好生活。慢下来的旅游由"一日多景，变成了一景多日"，可以湖边垂钓，可以园中漫步，甚至可以漫无目的地看花，戏水，感受风土人情。这样的地方，玩两次、三次都不厌倦。这样的旅游，可以寻找某种记忆，品味某种文化，体验慢生活的愉悦。

刊于《达州日报》2019年5月10日第6版

漫游白衣古镇

春末，穿行在达州至平昌的高速公路上。一路上，郁郁葱葱，青翠欲滴，眼前全是绿色。青草和泥土的新鲜气息扑面而来。

10多年前，我去过平昌白衣古镇，那时还没有高速公路，在古镇吃过午餐，然后匆匆离去，餐桌上那盘鲜鱼的清香令我至今难忘。看到漫山遍野的翠绿，我兴奋地说："雪梅，快看窗外，多美啊，到处绿茵茵的。"要不是急着赶路，我真想躺在这旷野里，徜徉在这片绿色中。

雪梅是我初中、高中同学，时隔30年才见面。"说好的，你回达州，我带你旅行一趟。"我像兑现某种承诺似的，对坐在副驾上的雪梅说。

绿色白衣

疾行一小时后，我们下了高速公路，车从峡谷中盘旋而上，冲上山岭，在山脊上行驶。雨后的风湿润、清凉、柔软，像绸缎在脸上摩挲。漫山遍野，一片葱茏，正是春夏之交，百花盛开，枝繁叶茂。我们摇下车窗玻璃，贪婪地呼吸着，空气中夹杂着嫩草的清香和泥土的芬芳，沁人心脾。

沿着公路盘旋，在山脉的另一面下坡。居高临下，远远望去，一条宽阔的河流环山绕岭，仿若缠绕在山岭与村落间的玉带。河水清澈碧绿，缓缓流去。一边是宽阔的滩地，一边是清秀的山岭。山岭草木茂盛，层次分明。水依偎着山，山依恋着水，山水相依，阴阳协调。在山岭以西，白墙黛瓦的古建筑错落有致，点缀在苍翠的山坳中。

这真是一个山清水秀、环境优美的世外桃源。凭直觉，我知道那就是白衣古镇。

建筑瑰宝

在古镇民宿前我们停下车，沿着条石铺成的路向西走，左拐右穿，看到一家饭店。我们在饭店前停下脚步。"古镇哪里最繁华？"趁店主为我们宰鱼做饭的空当，我急不可待地想去街上转悠一下。"古镇中心区。"女主人手一抬，指向不远处。我们朝她指的方向走去。

古镇中心区在50米外。通往中心区的道路由条石砌成，石缝处填充了石灰。道路两旁绿树成荫，芳草萋萋，一花一景，令人流连忘返。来到石头铺成的广场，一座孝节大牌坊耸立在我们面前。孝节牌坊高大雄伟，气势恢宏，牌坊柱子、抬梁、横担的圆木粗壮结实，一看就是百里挑一的上等木材。石阙银灰方正，镶嵌在圆木之间，气派，大方。大牌坊是白衣古镇的重要建筑，有紫云宫大牌坊、文昌宫大牌坊、李孺人节孝牌坊、孝节牌坊。其雄伟气势和密度，全国少有。

孝节牌坊右前是禹王宫，是一排徽派风格的建筑。禹王宫自然是为纪念大禹治水而建的。这禹王宫跟紫云宫、文昌宫并称"三宫"，气势非凡，雄伟豪华。节孝牌坊左前，与禹王宫相对的是宗祠围墙。围墙由灰色片砖砌筑，像长城围墙一样。因为年代久远，片砖墙体上留下了许多修补的痕迹，给人以古老的厚重感。广场两旁的家祠形若两个斗形，高大气派。前"斗"小围墙长16米，宽38米，高4米；后"斗"大围墙长46.6米，宽38米，高约9米。

　　"那孝节牌坊上有碑文。"雪梅仰起脸，指着镶嵌在牌坊正中央的那块石阙说。石阙上刻有密密麻麻的字，如果我没有猜错的话，那可能是工匠雕刻在石阙上的圣旨，也可能是孝节牌坊的碑文。古镇历史悠久，1884年，古镇曾遭遇大火，消息传到京城，皇上下旨重建古镇，而且允许参照皇宫的风格。修建包括这孝节牌坊在内的古建筑，动用了通巴两河13年河道税银，并募集了10万银两，在全国调集能工巧匠，历时10年之久。可见古镇上的吴氏家族应是当时盛极一时的名门望族。

　　吃过午饭，雪梅换了一身酒红色鱼尾长旗袍，配了一件绣着梅花的白披肩，脚穿一双白色高跟鞋，整个人更加高挑修长。雪梅脖子上戴着一串纯白珍珠项链，坠上镶嵌着深绿的翡翠，晶莹剔透。她的左手戴着翡翠手镯，色泽深绿圆润，光彩通透，质地上乘。雪梅宛若出淤泥而不染、脱尘世而不俗的仙子，优雅端庄、美丽大方、雍容华贵。店家女主人忍不住地称赞："太美了！"

　　沿着石街往西是镇中心，紫云宫大牌坊坐西向东，与灵官阁相对。紫云宫大牌坊是一座石雕、琉璃、彩塑组合而成的建筑，牌坊顶正中央镶嵌着圣旨卷轴，左右各有一侍臣，两侧坊柱顶有琉璃的麒麟和狮子。沿牌坊下三步石梯，便是石头砌的坝子，左右一雄一雌石狮，狮身与基座整体相连，高3米多。石狮神态活泼，不怒自威，被称为古镇的"镇殿吉狮"。

紫云宫始建于明崇祯年间，由灵官阁、紫云宫大牌坊、观音报厅、白衣庵大庙组成。紫云宫大牌坊是白衣庵大庙的外山门，高20多米。灵官阁矗立在紫云宫正东，占地面积160平方米，高15米，是灵官菩萨做大法事的地方，降妖镇魔、守宫护殿，故称"灵官阁"。阁楼二层有一个长10米、宽5米的平台，闲时人们在此说书演戏，故又称"戏楼"，是古镇建筑的精华。

紫云宫大牌坊后面是一个长方形的书画报厅，西与白衣庵大庙相连，北抵人文蔚起牌坊，南挨大庙山门土地庙。屋顶用粗大木梁抬拱盖瓦，高近10米。白衣古镇的名称因白衣庵大庙而来。明末清初，白衣庵人在庙宇里供奉白衣观音，庙内三重殿堂并有左右厢殿，主要供奉白衣观音大士、武圣关公、桓侯张飞等。相传，清光绪年间，千年古镇毁于一炬，唯白衣观音庙幸存，世人称奇，故命名为"白衣"，俗称"白衣庵"。

文昌宫有一个类似校园操场那么大的广场。广场正对奎星阁。奎星阁坐北朝南，门楣上是隶书"求真"，寓意求真讲理。而求真是一条艰辛之路，要经历辛劳，攀缘高峰，故奎星阁在数十步石阶之上。奎星阁的门锁着，我从门缝向里窥探，无果，我想阁内定是讲学的场所。广场西侧建有忠孝廉节塬墙，上书"忠""孝""廉""节"四个大字，遒劲有力，潇洒自如。文昌宫大牌坊、天开文运大礼堂、文昌帝君大殿，高大雄伟，颇有气势。

永延乾钱庄建于清道光年间，坐西朝东，北挨吴氏宗祠，三开大门临街，四合院建筑，中心天井，屋脊龙座，檐下弧形封板，门、窗、墩均有雕花图案，三面都是秦砖围墙，南墙垛脊爪角，气势腾飞。此处原为清诰授奉政大夫吴锟府邸，大门挂楣匾"大夫邸"。吴锟排行第六，人称"六老爷"，弃儒从贾，经商办实业，开吴记延陵氏"永延乾钱庄"。钱庄在成渝等地均有字号，业务往来闻名川陕。

吴氏祠堂位于老街北，坐西向东，是白衣古镇的灵魂。宗祠中堂门楣匾额乃曾国藩题书"樾荫堂"，当地人称为"荫字祠堂"。宗祠整体为复式三进四合院建筑，祠堂前面正中是八字朱红大朝门，铜铸狮头拉环，朝门两侧有上马石、下马石。前院两侧是木架瓦房，屋脊凤座，后院宽敞阔绰。二重堂是木架瓦房，屋脊龙座，两侧厢房窗楣均有雕刻图案。一重为中堂（樾荫堂），过石板大坝，上石梯乃祭堂。由于吴氏家族在朝为官者达40多人，翰林2人，进士4人，举人8人，增生、监生、廪生、贡生等30多人，名噪巴蜀，深受皇恩，有五朝五色天书暨二朝之螭玺，赐姓格鲁吉达。家族中被诰授大夫者21人，赏黄马褂、赏戴花翎、赐勇号者10多人。又敕授衔职者20多人。女性中，诰命一品夫人8人、夫人2人，诰命淑人、恭人、宜人者近40人，先后敕帑建节孝牌坊6座，可谓盛极一时、荣耀空前。

祠堂院前石板广场前端是垛檐片砖屏墙，墙外是一对挂斗高大的石华表，颇具气势。吴氏府邸有张家坝吴氏府邸、云台山吴氏府邸、永延乾钱庄等。这些建筑，与古镇魁字点斗布局浑然一体，是中国古建筑中的瑰宝。祭堂内设有雕花彩色神龛，供奉着列祖列宗的牌位。尊奉吴君贤为白衣庵吴氏始祖，牌位居中，其下则左昭右穆陈列，牌位精致，涂金雕花。这些建筑和装饰，技艺精湛，历史悠久，散发着中华文化的光芒。

走出白衣庵大庙向南，是一条传统石板老街，长不到一公里，依势沿巴河而建。街道青石铺地，两旁房屋为木质结构，古色古香。门窗雕刻花鸟鱼虫纹饰，十分精美。老街中有巷子、步道纵横，延伸向巴河，和谐，自然，美好。

走出街口，耸立着一座砖石砌成的牌坊，"上码头"三个字表明这是当年巴河上岸的驿站码头。我们可以想象当年，这里的繁华与喧嚣。

文化璀璨

中国人最讲究地理风水。建造古镇时，在规划设计、建筑布局上，既突出了地理学，又融入了自然，还涉及美学。在重建过程中，又增加了巴蜀地区的建筑风格，可谓相辅相成、相得益彰。

建筑本身就是文化，是劳动人民智慧的结晶。置身古镇，这些庙宇、宫殿雄伟豪华、富丽堂皇。那飞檐翘角的徽派建筑，那壮观的节孝牌楼，那气势恢宏的风火墙，那雕梁画栋的残檐断壁，无不令人惊叹！建筑群上精美细致的手工雕刻文物随处可见，在牌坊石阙前，在青石街巷，在禹王宫，在吴氏宫邸，我们移步漫游，一拱门一石阶，一堵砖墙一排门扇，一条石街一个巷子，处处都显示出历史文化的沉淀；门窗上的禽鸟花卉，楼宇间的雕梁画栋，生动的神兽图像，一雕一刻，一勾一勒，都是工匠们精湛技艺的体现，让人目不暇接、叹为观止。

文化是建筑的灵魂。气象非凡的公馆府邸、宫殿庙宇上的楹联匾额，都是艺术的珍宝。如中堂里有嘉庆、道光、咸丰、同治、光绪五朝皇帝的五色圣旨；有慈安、慈禧的螭玺懿旨；有御笔匾额；有当朝要员的题书，清曹振镛、曾国藩、李鸿章、张之洞、翁同龢等都留有墨宝；还有唐宋明清的瓷品，历代名人书画，各种金、铜、石、玉、骨、木、竹古玩以及古装书籍若干。这些御笔、题词、书画，堪称国之重宝，价值极高。在面积86平方公里的白衣古镇，这些文化瑰宝，大放异彩。

白衣庵这块风水宝地钟灵毓秀、人杰地灵。无论是古建筑遗址，还是现代民宿，是南北文化交相辉映的结晶，是自然、人文结合孕育而成的精华，是一朵开放在川东北大山里的绚丽花朵。

白衣古镇历代人才辈出，清代更是人文蔚起、科甲盖世。研究古镇文化，实则研究古镇人文，李氏节孝牌坊上阴刻着署名为倭仁的《吴太母李孺人节略》，称白衣为"人文秀发，科名鼎盛，清操伟烈，著于中外，实大者根深固"。白衣古镇的一草一木、一墙一门、一殿一宇，既是一部厚重的史册，又是一部灿烂的文化史。

风景与传说

白衣古镇四周有凤凰山、龙象寺、黄鹤山、小高（阁）寺、北崖顶五座山。五山环抱，仿若一朵莲花。而白衣古镇，就是镶嵌在这朵莲花中的一颗璀璨明珠。

这里视野开阔，集聚巴山秀水之灵气。白衣古镇背靠的山，名叫钟家山。这座山从西北蜿蜒而来，像一条巨龙，又像一匹骏马，缓辔而行，顾盼生情。这座山发源于万源境内的米仓山，俊秀多变。

站在钟家山小高寺往南望，山体像一个美女呈现在我们面前。她的腰肢特别柔美，两翼微曲，像两条玉腿盘曲。小腹微微隆起，丹田部位也非常有风韵，一条浅沟纵贯，且沟内长满苔藓植物，人称"美女晒羞"。吴家的祖坟铁桩坟刚好在丹田部位，风水先生在此巧置一铁杵，来来往往的人轻轻地摇动铁杵，吴家也就越摇越活，越摇越发达。相传这就是吴家风水之所在。

巴河原本在山谷间湍急奔流，波浪滔滔，历经曲折蜿蜒的山势，仍所向披靡，一泻千里。但进入白衣境内，缠山绕岭，节奏变得舒缓起来，像绸缎一样柔软绵长、清澈明净，于是形成了不小的冲积平原——罗家坝。远远看去，罗家坝像一块硕大无比的玉佩，系在钟家山的脖颈上。这块天然绿洲，由千顷沙滩形成，到了春夏季节，成了一个大草坪，绿草成茵，生机盎然，是白衣人游玩的乐园。这时，从山林深处飞来的白鹤成群结队，栖息绿洲，自然和谐，生趣盎然。

自然的造化，让巴河、通河交汇，浩浩荡荡从白衣穿境而过。独特的水域形成独特的交通优势，南下可达荆楚，北上直抵中原，控秦蜀之咽喉。历代帝王在此建郡、设州、置县，成为历代群雄屯兵重地和通商口岸。

白衣古镇显赫一世的吴氏家族，正是山河灵气滋养的结果。人们根据历史发展，反观地形地貌，寻找一种天时地利契合的缘由，留下许多扑朔迷离的传说，使这块祥和的土地更加神秘。

譬如，白衣新镇就坐落在凤凰山上，这里还有个传说。因为白衣山川秀美，引来百鸟。不料，黄鹤捷足先登，后面紧跟而来的凤凰展开双翅，奋力飞来，唯恐黄鹤抢得先机……看那凤凰山，两侧似张开的两翼，正是从远处向这里冲刺的模样，神似凤凰展翅。与之相对应的，是古镇对岸的龙象（翔）云台。龙象云台与凤凰山正好构成一幅凤翥龙翔、大象憨厚的生动画图，充满神秘，不能不让人遐想。

这云台山山岭，边缘轮廓像阶梯，从江边往上数，正好整整7级阶梯，就像通往云台山山顶的一架巨大云梯，人们想象这里是梯云揽月的地方。晚上，从白衣古镇看，月亮刚好从此升起，映照着广寒宫。广寒宫内灯火闪烁，映月增辉，俗称"青灯点月"。吴德溥所说的"鲤鱼坂子回头望"，寓意锦鳞搏浪，说的是沿鱼滩坝的卵石坝上坎，有大小不一的两个潭，一前一后，似鲤鱼产子；同时亦指云梯坝下回头滩河心凸起的部分，像一尾活蹦乱跳的鲤鱼，而岸边还有一对，与之遥相呼应。

白衣古镇寺庙众多，南有龙象（翔）寺、观音禅院，西有紫云宫，东有广福寺，北面雄奇突兀的牛脑山上有闻名遐迩的小阁寺。小阁寺内有一口金钟，重千斤，相传为大禹治水时留下的，后被毁。撞击此钟，声音尤其洪亮，方圆几十里都能听见。每当小阁寺钟声响起，周围几座山上的寺庙钟声相继应和，回荡山谷间，十分震撼，被称为"阁楼钟鸣"。

白衣古镇的吴家，建奎星阁、印字室，并经高人指点，精心设计，书一巨大"魁"字，摩刻在河对面云台山悬崖石岩上，与魁星楼、印字室相呼应，构成"魁星点斗"的奇妙景观。太阳从龙翔山冉冉升起，万缕金光照亮紫云宫宝顶，反射在奎星阁琉璃瓦上，交织成一道绚丽的光芒，后集中在对面山崖"魁"字上，熠熠生辉，最后折射在江面上，形成一巨大光束。整个古镇笼罩在一片祥光之中。这是因为光在水雾中形成了不同的光晕，经过反射、折射，巧妙地映射于河面上，形成奇观，给人一种神秘感。

唐代诗人崔颢有一首脍炙人口的诗《黄鹤楼》："昔人已乘黄鹤去，此地空余黄鹤楼。黄鹤一去不复返，白云千载空悠悠。晴川历历汉阳树，芳草萋萋鹦鹉洲。日暮乡关何处是？烟波江上使人愁。"诗中所咏的那只黄鹤飞到哪里去了呢？白衣古镇的智者浮想翩翩，说那只黄鹤飞遍天涯海角，寻找它理想的乐土，终于在云中发现了白衣的山水之美，特别是白衣的水，清澈甘洌，怎么也喝不够，最后停驻在这里。白衣人说，伸进河中心的山体，正是黄鹤的头、冠，于是有了"黄鹤戏水"的传说。

白衣古镇人口稠密，早年镇上饮水困难，加上"香酒坊"耗水量颇大，到河边取水十分辛苦。传说一天晚上，疲惫不堪的张太夫人梦见一白发飘飘的老者用龙头拐杖在镇后的洼地上轻轻一点，说："这里有水。"张氏正想问个究竟，恍惚间，老人竟化作一条金龙消失在万道霞光之中。张夫人十分诧异，于是择日开井，果然两股清泉从龙嘴岩石上汩汩涌出，后形成一口水井，起名"龙泉井"。

传说为白衣平添了神秘，让人心生向往。起初约定跟雪梅一起旅行，是为了放松心情。来到白衣古镇，看到那气派的宫殿、牌坊、古建筑，心里激动而兴奋，在条石街巷和广场上，在吴氏宗祠里，在楹联匾额前，我们一步一徘徊，一步一沉思，敬畏这人杰地灵的古镇，敬畏这璀璨的艺术文化，敬畏这五山环抱、玉带缠腰的风水宝地……

岁月生活

SUIYUE SHENGHUO

银杏树

　　一个下午，初冬的暖阳与银杏树相互辉映，像一团团火焰，点燃我内心的热情，仿佛美妙的音符在心间跳跃，我放慢脚步，凝视着大道上一树树在阳光下绽放的灿烂，心被一种怒放的诗情触动。

　　几年前的一个秋天，与朋友相约一起来到成都科技大学。深秋的阳光洒满校园，那里的银杏枝叶婆娑。进入校区，银杏树铺天盖地，把整个校院渲染得绚丽芳华。周末，人特别多，游客在银杏树下热情奔放、兴高采烈，他们陶醉在橘黄色的银杏巷道，拍照留影。那一棵棵银杏树，高大挺拔，枝干上刻下岁月沧桑。这些树又高又壮，枝繁叶茂，像一把金色的大伞，枝上繁茂的银杏叶层层叠叠、密密麻麻，有的青中带绿，有的绿中染黄，有的黄中泛金，绚丽斑斓。在微风吹拂中，一片片橘黄的叶从枝间滑落，在空中飞舞，然后飘落屋檐、走廊、草丛，成为最耀眼的点缀。而银杏树下，银杏叶铺满地面，或疏或密，形若橘黄色的拼花或金色的地毯，这些叶片在阳光的照射下鲜艳夺目，宛若风韵犹存、落落大方的中年妇女，给人典雅端庄的高贵感觉。

　　诗人和女人最爱幻想与憧憬。我的这位女性诗人朋友，沉浸在这样的唯美中，多次问我叶美还是人美。我笑盈盈地说，人如叶灿烂，叶如人笑靥。她便乐呵呵地笑开了，不一会儿，她把我拍的照片发在了朋友圈，配上了诗句："银杏用绚丽调色/染红一个季节/阳光笑灿灿地刻下/时光背面的经脉。"一群青春女孩在银杏树下，迎着暖暖的阳光，时而倚树遐思，时而席地而坐，时而仰躺草地，脸上全是烂漫与美好的笑容。

有次去宣汉王维舟故里，在一条像黑色绸带的柏油公路上，看到两旁很长一段路的银杏树，像两排挺拔笔直、朝气蓬勃的士兵，我顿时兴奋起来。枝上的叶，绿绿的、新新的，给人鲜活与灵动的感觉。我知道，银杏树是银杏科落叶乔木，每年冬天树枝上的叶片脱落得一叶不剩，而裸露的树枝，在来年春风拂面的时候，便孕育出豆粒大小的芽茸，渐渐地，这些芽茸长成小手般的叶片，直到绿茵茵的葱茏。这小蒲扇一样的绿叶，乖巧可爱，梅花状，犹如小孩可爱的嘟嘟脸庞。

在百花争妍、盛开的春天，杏花、李花、桃花，红的、白的、紫的，争奇斗艳、姹紫嫣红，谁也不会在意银杏树上这小脑袋似的嫩芽小生命，但是，就是这毛茸茸的嫩芽，几个月后，像风漫过一样齐整整地一树翠绿，生机盎然。春夏之间那满眼的新翠，深深浅浅的绿，馈赠给银杏树秋天最繁华的盛装。

银杏树似乎生来就是高贵的树种，无论是春夏秋季的枝叶繁茂，还是无一片叶的冬枝，都绝无其他杂色蔓藤，仿若是收拾得干净得体的谦谦君子。枝是树的诗行，叶是枝的绝唱，让人赏心悦目。

银杏树成了许多城市的景观树，也成了很多地方的旅游资源。重庆城市大街小巷都种有银杏树，每到秋天，绚丽灿烂的银杏树像油画一样铺开，形成这座城市最亮丽的风景。去年，一位热心家乡事业的企业家，投下巨资在川东一个小镇挥斥方遒，建设了数万亩的银杏基地，仅那条从漫山遍野的万亩银杏谷伸向"麻梁路"的双向六车道，就让人惊叹其恢宏的手笔和投资的气魄。我每次登上山峰极目远望，看到山间低谷成片的土地上都是标直的小碗粗的银杏树，心里都一片欢腾。数年之后，那起起伏伏、错落有致、看不到尽头的银杏林，仿若一片海洋，层林尽染，将是怎样的气势磅礴！而每年的秋天，这个小镇不仅涌来四面八方的游客，而且激发无数摄影家、画家、诗人、作家的创作灵感。当蜂拥而来的人们看到铺着金黄色大地毯的银杏谷，看到排山倒海、波澜壮阔的场面，不知要发出怎样欣喜的尖叫！

我义无反顾地喜欢上银杏树，喜欢它的雍容华贵，喜欢它的浓墨重彩，喜欢它的绚烂华丽。银杏树是一种供人欣赏的植物，我无意牵强附会地让它与一种品质联系起来，但是，我每次往返在家与单位的路上，都要留意县城这条银杏大道。当看到这橘黄的银杏叶，或洋洋洒洒，或悄无声息地飘落而下时，我总是驻足良久。这些飘零的叶不是落入尘埃的忧伤，而是灿烂的笑脸，是落英缤纷的美，让我心动。

我豁然明白，我慢下脚步欣赏的，除了它的华贵和绚丽以外，还有它的华丽转身，它脱落树叶后依然的斑斓多姿。或许，这是人应有的生活态度，但是又有多少人做得到呢？我想到了职场的急流勇退，想到了几十年后生命的终结。我已经害怕起来，害怕这样或那样的病痛，不能尊严地告别。我想像这银杏叶，笑盈盈的，绚丽好看。

刊于《达州日报》2020年1月17日第8版

万源看雪

　　川东人少见雪，尤其少见洋洋洒洒飘如鹅毛的大雪。2019年元旦前夕，天气预报说元旦期间有雨雪，我难按心中的喜悦，期盼一场雪，犹如恋人望眼欲穿的等待。

　　家乡的雪太不厚道，不给人畅快淋漓的感觉。我们约好几家人赶赴万源，去八台山来一场千肠百转的邂逅。为了一早能到达八台山，头天晚上住宿万源晨旭大酒店。早晨起来，手机上显示室外-4度。推开窗，并没有想象中的刮脸。吃过早餐，我们一行数人像要奔赴世界北极，戴棉帽、手套、耳套，穿加厚棉衣，全副冰雪装束。酒店离八台山35公里，一路上根本没有雨雪的迹象，我不免失落，默默祈祷，希望在八台山上看到雪的冰清玉洁。下了高速在山谷中穿行，车越往山上开，气温越低，到景区门口时，下雪了。簌簌飘荡的雪飞扬，打在脸上，透着清凉。

　　人头攒动的游客中，或恋人相依，或小两口手牵孩子，小青年和小两口居多，个个冻得直呼白气，但脸上乐开了花。过了检票口，我们沿走廊拾级而上，坐半山腰等候的观光车。说是观光车，实则是中巴客车，就是这些中巴车，把游客一车一车地送到八台山上。我们坐在车上，转过一道弯，翻过一面坡，透过玻璃窗，一片茫茫雪海，山峰、森林、草丛、灌木，铺满了雪，白雪皑皑，像厚厚的绒毯；悬崖、护坡、石岩，雪覆盖其上，构成一幅幅写意的壁画，像精美的艺术作品。与山脚形成两重天地，引来车上游客一路惊喜、一路赞叹。

八台山因8个层级而命名，景区安排了五台山、八台山两个景点。五台山有观景台、玻璃桥、滑雪场等。到了五台山，车外与车内温度相差10度，车外空气是硬的，吹在脸上，生生地冷，没有一点柔情。我就跟没穿内衣一样，后背灌风，身子打着冷战。老婆说她脚趾麻了，手指不能弯曲，我教她用脚趾走路、教她跳跃，自己两只手不停地揉搓，口中不停地呼着热气。同行的几个孩子脸被冻红，鼻涕直流，却没有畏缩，像欢快的兔子在雪地里蹦蹦跳跳。女士们则像裹在套子里的人，口罩把脸都遮住了，也遮住了漂亮和风情。

八台山因海拔高，气温低，每年寒冬下雪，次年春来时才慢慢融化，所以吸引了不少游客来赏雪。我们站在八台山上，脸似刀割，雪如仙女散花，纷纷扬扬，天地茫茫，让你不由想起毛泽东同志的《沁园春·雪》，这里有"千里冰封，万里雪飘"的宏大景象，还有"山舞银蛇，原驰蜡象"的灵动美妙。身处其中，心飞扬、欢呼、陶醉。在雪地里与孩子一起奔跑、滚雪；在雪树旁争先拍照，留下自己最美的笑容；在亭台眺望，那茂密的植物，婀娜多姿，千姿百态，似白裙仙子，似海底珊瑚。天公如此轻盈一弹，点亮八台山一个季节。每一处景致都漂亮如画，引人遐想。一山、一林、一亭阁，因为雪的点缀，更有诗情和画意。此时诗人朋友发来一首诗——《等待一场雪》，正契合我此刻的心境："雪花飘舞着落入内心/将所有思念的苦涩掩埋/涤荡着残留在心上的尘埃……等待一场雪，寻着梅香/成一首诗，成一曲梵唱/心为墨，雪为宣，浓浓淡淡/勾勒出最洁白的韵脚。"

雪是仙子，只要有雪，哪里都美，不仅川东，你看江南，那亭台楼阁，那杨柳堤岸，那烟雨田园，披上一层薄薄的雪，犹如温婉绰约的女子风情万种，让人浮想联翩。还有家乡，村庄房顶，撒上了稀薄的白，绿衬着白，白映着黄，漫山遍野，像洁白无瑕的玉兰花盛开，像艺术大师随意地涂抹，给人崭新的美丽。而万源山上繁盛的雪，如千树万树的梨花，重重叠叠。

万源在大巴山腹地，海拔高，垂直温差大，重峦叠嶂，狭沟纵横，植被茂密。这是一块红色的土地、英雄的土地。当年李家俊在万源固军坝成立了川东游击军，创建了川东第一个红色革命根据地，成为红四方面军的重要武装力量，在中国革命历史上，万源人民作出了伟大的贡献和巨大的牺牲。如今，不仅八台山，龙泉河等景区也成了万源的一张名片，而且万源黑鸡、万源土豆闻名全国，来到万源，不吃万源黑鸡、万源土豆，实为枉来。

在艰苦卓绝的万源保卫战期间，万源土豆成了红军的主粮。我几次去万源，饭桌上不仅汤里有土豆，炒菜用土豆，炖锅放土豆，便是饭里也加土豆。土豆块、土豆片、土豆丝、土豆粉，简直就是土豆宴席、土豆万源。在八台山上，一连排的小店门前，都架着锅灶，锅里是烤土豆片，香喷喷的，但凡游客，都要吃上一份，口感松软绵实，很有黏性，既是零食，又是主食。

返回路上，我们一致决定要吃万源旧院黑鸡。专程来到万源旧院镇，虽然已是下午2点，但老板很热情，亲自安排现杀黑鸡。我来到后厨，几个女人正有条不紊地忙碌：宰鸡、杀鱼、洗菜，动作麻利。主厨的是一个40来岁的男人，他在锅灶前忙着备料、烧油，身子轻巧灵活。我喜欢看厨师炒菜，感觉他们的动作特别优美。他左手掌锅柄，右手执锅铲、炒瓢，左右配合，灵活自如，动作时而轻缓，时而迅猛，宛若音乐家指挥音乐一样专业而洒脱，待到锅里油冒烟，他迅速倒入刚切好的鸡块，顿时油锅里火苗蹿起，发出滋滋声音。不一会儿，油香、肉香、佐料香扑鼻而来。

此时，屋外下起大雪，这让我一阵欣喜，兴奋地站在街上任由风雪亲吻我的脸。雪是我千呼万唤的梦中情人，在圣洁的世界把我冰封在时间深处，却以这样的方式与我相约。

喜欢一个地方，或许没有什么缘由，只为那里的山水，那里的淳朴，那里飘逸的雪花……

刊于《达州日报》2019年2月1日第8版

冬　荷

　　四月的一个周末，我们约好下午一起拍欢乐的鸟儿。向阳、思炳在四川文理学院等候，我赶到时，他们正在翠柳湖小憩。这翠柳湖其实就是一个小小的荷池，我马上联想到清华大学里的荷塘和朱自清的《荷塘月色》，置身其中，林荫小径、亭楼假山、小桥流水，与其他地方的园林差不多一个面孔，就是供人读书赏景、放松心灵的地方。我享受着大学校园的幽静，不觉欣然。

　　两个朋友与我打过招呼后，忙于拍摄，唯我独坐廊桥木椅，静静地感受大自然的脉搏，听鸟儿啾啾，听蛙鸣虫叫，这里没有人为的喧嚣和嘈杂，只有树的宁静、草的葱郁、情侣的私语，我吮吸着清新，陶醉而轻松。四月的风很轻，像俏皮的女孩凑近你耳旁。我坐在观景凳上，面前是一池荷塘，荷塘水浅，露出黑色的淤泥，水污浊不清，荷塘没有了夏日的繁花似锦，给池子留下很多空白。不知怎的，我特别喜欢冬天荷塘的景象，无论是田里、湖里还是塘里，这些枯萎的荷秆孑然一身，像插在水里的小秆，看似杂乱无序、横弯竖折、毫无章法，却别有韵味，像画作。我专注地欣赏着，心里有一种莫名的兴奋。很多文人喜欢写荷，最著名的莫过于周敦颐的《爱莲说》，无论是出淤泥而不染的寓意也罢，还是月色朦胧万千遐思的意境也罢，皆不是冬荷，可是谁又知道冬荷特有的风韵和情致呢?

最先吸引我注意力的,是几年前春节回老家,在路上经过麻柳镇野鸭子村,孩子去她姥爷坟墓烧香,我闲来无事,转悠农家田埂,突然看到田园里到处是莲藕。我不知道农民为什么没有采挖,或许是因为缺少劳力而荒芜?但是,在我眼里,这似乎是一幅神奇的图画,根根荷茎,孤零零地插在水里形成倒影,相互对称,构成画面,因为倒影,茎秆点、线、面结合,构成各种奇异图案,具有线条的艺术美、水波荡漾的流动美、互为映衬的对称美。我被这线条艺术吸引,站着、弯着、蹲着看了许久才离去。

荷在农村叫藕或莲藕,农民种植莲藕,以卖藕挣钱。我记忆中最好玩的是少儿时的盛夏,我与几个玩伴光着上身和脚丫,顶着炎炎烈日,在生产队的荷塘边"闲逛",眼睛却像子弹一样搜寻谢了花的莲,待四周没人时掐断"目标",藏在手腕迅速往玉米地里闪去,然后围坐在桐树树荫下,你一粒我一粒地抢着吃。嫩脆、清香,吃完,又大模大样地返回。每个人折断一枝碧绿的荷叶,顶在头上,像儿童军一样齐刷刷地走在大路上。荷塘边上的荷花、荷叶、荷茎被毁得面目全非,大抵就是这样被糟蹋了。

自从那次看了越冬之荷后,就有了一种眷恋,像欣赏一幅伟大艺术家的杰作一样喜不胜收,以致后来每每看到塘里、田里枯萎了的荷,我都要驻足,蹲下来拍上几张照片。

在这绿意荡漾的翠柳湖,鸟儿飞来飞去欢快地歌唱,天空蔚蓝,白云飘动,远青近绿,倒映湖中。水不在深,有龙则灵,如此意境,美哉乐哉!池塘水波潋滟,如画纸上的留白,给人无限的想象。让我怦然心动的,是这些枯萎的茎,折的折、弯的弯,或折而不断、弯而不曲,或竖直不倚,或偏倒斜向,无论是歪的、偏的、倒的、直的、折的，都像一个个生动有趣的符号，或像五线谱上的音符，音乐一般在田间跳跃，好似跳跃在我心里。

大自然是伟大的艺术殿堂。很多人喜欢夏荷，大都因为那红的、粉的、白的荷花，从深绿浅蓝的荷叶中婀娜而出，宛若亭亭玉立的仙子羞涩迷人。我独喜冬之荷，因它线条干净简洁，如一幅素描图，灵动而有曲线美。我一直不明白，人们为什么把冬天的荷叫残荷，这个"残"字，就如一股寒风把我的心吹痛。谁又知道，每一抹山色、每一个人，即便这枯萎了的茎，在这个世界上都是一道无法复制的风景，夜有夜的缠绵，昼有昼的希望。正如冬天之荷，在土地的冬眠中展示一种独有的姿势，到了春天又长出片片新叶，嫩嫩的圆圆的，浮在水面，绽放出一种新生的力量和另一种美，这仿佛让我看到了翠柳湖层层叠叠的荷叶摇曳的繁华与茂盛，空气中似乎都弥漫着沁人心脾的清香。

腊月还乡好过年

草木凋零，冷天阴云，寒风萧瑟。这是腊月的底色，伴随而来的，是腊肉的飘香，是村庄的浓妆淡抹，是春节的脚步，是红灯笼的喜气张扬。"有钱没钱，回家过年"，人们揣着对亲人和故土的魂牵梦绕，往家赶的步履总是那样急切匆忙，乡情、乡音催生的力量，足以让寒冷的腊月变得温暖如春。

熏腊肉

办公桌上日历翻到腊月十五，恍然大悟快要过年了，我才想起家里没有买一块猪肉熏腊肉。2019年，猪肉价格一路飙升。猪肉再贵，也要买一些腌制腊肉的，没有了腊肉，似乎就没有了年的味道。想到此，我毫不犹豫地去农贸市场买了猪蹄、骨排，还有猪身上的耳舌肝肠，先腌制好，待到月底回老家熏香。

四川，或者西南，到了腊月都要宰杀年猪，把肉腌制好，晾干，用湿润的柏树枝丫烟熏，让烟味慢慢渗入肉内，这样的肉易于储藏，便于来年招待客人。我从没有熏过腊肉，每年都是把腌制的肉拉到乡下找人帮忙。今年我正好有假，农历腊月二十六，我回到老家，换上多年不穿的旧衣裳，我要亲自体验这种熏腊肉的烟火生活。

我推开老屋虚掩着的门，火炉边的父亲脸露惊喜。"我回来熏肉。"我对父亲说。父亲用疑惑的眼神看着我，怔怔不说一句话。向父亲要了把柴刀，来到房屋侧边的山坡上，这里有柏树枝丫，这是土地下户时父亲在自留山上栽的柏树苗，如今已经长成林，树高数丈，高大挺拔，分叉的树枝都有碗口大，柏叶繁茂。山里树木茂密，荆棘丛生，我钻进里面，不用爬树，站在土坎上正好够到从悬崖上伸过来的枝丫，不一会儿，地上就铺了一大堆厚实的枝叶。

农村煮饭，改用电饭煲、电炒锅，父亲也把家里的土灶拆了，我无法用灶熏烤腊肉，只能因陋就简，在屋前院后捡拾前几年建新楼时剩下的铁丝、废弃的木棒、生锈的铁钉，像建筑师一样，在屋后侧的一个墙角鼓捣起来。不久，临时熏肉架就搭建了起来。我小心地把事先切好的肉一块一块地悬挂在架子横木上，看到自己简陋却实用的"作品"，我不禁哑然失笑。

在临时搭建的熏肉架下生起火，潮湿的柏树枝丫在干柴火的引火下，生出浓浓的烟雾，因风力、火力时急时缓，烟时浓时淡。烟不偏不倚向上升腾，就像神话故事里妖精冒出一股烟，腾空而去，瞬间便消失得无影无踪。为了有效利用树枝燃烧生成的烟，让烟留下香香的熏味，我找来木板、纸板做挡墙，把架子包围起来，就像一个严实的笼子，让烟火在笼子里"千回百转"，把肉熏成腊肉味。

熏肉是不能离人的，经过熏烤的湿枝丫，温度达到着火点后，突然"砰"的一声燃烧起来，你就要马上对灶里的枝丫不停翻扑，否则最易把肉烧起来。有时，烟火熄灭，不得不弯腰低头用力吹火星，枝丫又重被点燃，此时，脸、嘴、头发、睫毛、衣裳，到处都是被吹拂飞扬的碳木灰。

在熏烤中，柏树枝丫燃过的柏树叶呈白色，轻飘飘地飘飞到空中，然后轻轻落在腊肉、纸箱、柴火或者地上。这些叶，燃烧前是尖叶状的，燃烧后仍然是尖叶状的，就像一枚枚漂亮的胸针。

几天下来，我细嫩的双手变得粗糙，皮肤被枝丫划伤，手指节间的肉被磨出红红的茧疤，手、脸到处都是炭黑色，头发、衣裤粘满茅草和泥沙，整个人宛若山野农夫。

柏树枝丫熏香的腊肉，香味缭绕，那种香味很特别。一共熏烤了5天，看到熏烤的肉一天天地烘干、变黄，我总要凑近嗅了又嗅。此时，腊肉的味道冲进鼻子，腊肉表层黄中透红，香味也就更加浓郁了。闻着这腊肉香，也就闻到了越来越近的年味。

隔房姐姐

下午，我熄灭熏肉的火星，到生产队转悠。生产队的村庄和山地，是我儿时玩耍的天堂，有我儿时的脚印。那条小路，那片崖坎，那个深沟，似乎还留有我儿时的稚嫩气息，它们就像融入我血脉一样，连着梦与故乡。

来到老家背后的大水沟，我专注地给田块里的白鸭拍照。那群自由游弋的白鸭，像一群欢呼跳跃的舞者，或者嬉戏喝泥，或者扇动翅膀，无拘无束。这时，梯田坎下一个小不点朝上爬来，她是一个个子矮小的女人，穿一件蓝色涤卡衣服，背一个背篓。我一看是队里的人，不知姓名，忙热情地大声问："你干吗啊？"

"江儿啊？"她看着我惊讶地问。

"是我。你身体还好吧？"我一边关切地问候，一边挖空脑袋想她的名字。

"多少岁了？"我看她瘦得皮包骨的样子，眼窝深陷，心里泛起同情。

"明年满七十了。"她爽快地回答。

"就是过了这个腊月吗？"我知道农村都说阴历。

"过了这个腊月满六十九，我是以阳历推算日子的。"听起来很绕，但我听明白了。

"哎呀，江儿，你老汉过生，你那次来我院子里都没有请我，我一直想不通，我再穷，也要来凑个热闹啊。"她站在我面前，仰着脸，一再检讨自己是否得罪过我们。

"你想多了，你住在山梁上，我以为你没在家，不然我肯定请你了，是我的不是。"我记得当时真是这样，大家都是一个生产队的人，我从不会这样的势利。

这时，我想起她的名字了，她跟我亲大姐同名，我该叫她姐姐。我的姓在老家是大姓，家乡到处都是同名同姓的人。我读书就离开了家，对家乡的人，甚至本队里的人，只是面熟，叫不出名字。

"姐姐，你家两个人身体还好吧？"我问。

"莫说了，老弟啊，你晓得我不是个懒人，我男人也不是好吃懒做的人，我哪愿意去当那个贫困户啊。"这时，我知道了她是一户贫困户。

她像是找到了可以倾诉的人，滔滔不绝地讲起她的辛酸，只差一把鼻涕一把泪了。她说，她家里一年住了5次院，丈夫老蒋就住了4次，第一次胃病，出院后没过多久又胃出血，又去住院，再出院后胃又穿孔，再去住院，每次住院十几二十天。我听得心里一阵发麻，要知道，人一旦生病可以把一个家庭压垮。我耐心地听着姐姐的倾诉。她说："国家还是照顾我们这些穷人，报账百分之九十，但是也承担不起啊。"然后给我算了一笔账。他们住一次院花10000多块钱，报账后，表面上自己只贴1000多块，但是加上救护车费、门诊费、医院病人和陪护人的生活费，算下来也要花2000多块。她怕我不信，掰着手指算给我听："每天每人早餐2至3元，午餐7至8元，晚餐5至6元，一天下来至少也要20元。"我知道这个标准是最低的了，我多年担任镇党委书记，只是从宏观上给群众讲政策和道理，从来没有这样细地算过账。

"一年下来，除了享受的医疗政策以外，自己还要贴10000多块，挣这10000多块钱，对于我们这样的人来说，难啊。"姐姐越说越伤感，疾病把她的家庭压成了贫困户。

"子女呢？"我想孩子有义务帮衬父母。

"大的嫁到靖安镇，生了2个孩子，家里也穷。小的是个儿子，在外下苦力，养2个娃娃都困难。"姐姐刻满风霜的脸上尽是疲惫。我下意识地摸了摸自己的衣兜，空空如也。

穷无非是家庭基础差、缺技术、多子女，如此循环。这样的家庭，一旦形成恶性循环，就很难爬起来。

"书记、乡长到我家来，看到我厚厚的医药发票，给批了1500元的特殊救助款。"姐姐说完，脸上又露出笑容，似乎看到了生活的希望，姐姐是一个贫困户，她的生活除了无奈，还有许多无助。

表妹小晴

大年越来越近，外出打工的人陆续回到了老家，有的打扫房前院后，有的擦门擦窗。我吃过早餐，出门闲转。

小路上遍布荆棘和杂草，像是苍老岁月刻下的皱纹，总让人感慨万千。我一边走一边跟熟悉的乡亲叙话，偶然碰到数年不见的人，彼此惊喜，两眼一睁，手指对方："啊，你是……"然后晃晃脑袋叫出对方的名字。那恍如隔世的亲热与亲近，是割不断的乡音乡情。

不知不觉来到蒋家院子。院子被拆得七零八落，只剩下院落的轮廓，院里的住户，有的搬迁，只有两三户人原址翻新。废弃的旧屋破烂不堪，那残亘断梁的框架，支撑着歪歪斜斜的长满青苔的岁月。

印象中是青条石砌成的晒坝，现在抹了水泥砂浆，光生生的，刚打扫过，地面上还有扫帚竹梢留下的印痕。院西角落舅舅家的大门虚掩着，我朝里大声喊起来："舅舅……"没有响应，从侧屋小门出来一个男子朝我张望，疑惑不识。这时，大门里钻出来一个穿睡衣的女人，面孔清秀，身材姣美，她一眼就认出我来，惊叫起来："这是江儿哥哥嘛，快来坐。"

我们虽然很少来往，但我还是认出她来，她是舅舅的女儿。我笑着反问："你们回来过年了？"

"你家三姊妹都要回来陪老人过年吗？"我想起来，舅舅家有三个女儿，当时叫"女儿国"。

"我叫小晴，是女儿中的儿子。"她猜到了我分不清她们三姊妹，笑嘻嘻地说自己的名字，显然，旁边这男子就是她的丈夫了。

"爸爸妈妈上街去了，大姐叫建妹，要腊月二十九才回来，老幺叫芋儿，过年不得回来。"小晴一口气说完，嘴角泛起小酒窝。小晴是瓜子脸，笑起来漂亮的小酒窝有几分妩媚。这让我想起了她儿时的样子：爱笑、调皮、可爱。

"在外还好吧？"我问。

"还好吧。"小晴乐呵呵的，让人感到温暖。

"孩子多大了？还在读书吧？"我关切地问。

"大的是个女孩，成绩差，读的专科，已经挣钱了。"她丈夫站在旁边一直没有说话，从我们的对话中听出了我们的关系，热情地插话说。

小晴眼睛里闪着光，又接嘴说："小的是个儿子，还在读初三。"

"成绩怎么样？"我看小晴脸上一直有笑，猜想她为儿子感到骄傲。

"还可以，在全年级1000多名中，排在100多。"小晴喜上眉梢的表情和回答，如我所料。

"真好，为你们感到高兴。"我眼里满是祝福。于我来说，每听到朋友或乡亲说孩子读书很用功、成绩很好时，心里就有一种兴奋，农村家庭的孩子能够把书念好，关乎家庭的希望与未来。

"你参加工作时，我还在读初中，有次我在高洞桥遇见你，你要借给我课外书。"小琴沉浸在回忆中，白皙的脸颊上泛出羞涩的红晕。

"有这事？"我一愣，然后彼此开心地笑起来。

"快坐，莫站起说话。"小晴丈夫端来了长木凳，招呼说道。小晴小跑着进屋，又风似的出来，手里拿着几个橙黄的新鲜脐橙，站在我的身旁切起来，切好后客气而热情地要我吃下。小晴是我表妹，虽然平时没有走动，但依然有着比乡亲更浓的亲情，这样的亲情，久违而温暖。

我们就这样有一句没一句地闲聊着，小晴父亲背着一背篓年货回来了，她母亲跟在后面。我看到她母亲头发梳得光生，穿着干净合体，心里笑起来：女人，什么时候都是爱美的，与年岁无关。我大声地叫了一声舅舅、舅妈，他们高兴地跟我说着话，浓浓的乡情、亲情在院落弥漫……

只见舅妈跟小晴耳语，小晴心领神会地点头去了厨房，我起身说："我走了，要回去为父亲做午饭了。"

"走啥子哦，吃了饭再走。"舅妈、舅舅、小晴异口同声地说道，小晴从里屋跑了出来，非要拦住我。

"不行，我是专门回来陪父亲的，做饭是我的主要工作。"我笑着说。

舅妈和表妹见我执意要走，显得格外不舍，送我到院口。我对小晴说："你儿子读书好，要好好培养，农村孩子只有多读书，今后的路才宽。"小晴高兴地连声道谢。

离别时，我对小晴说，下次回来，我给你儿子带一本书，那是我写的，或许会在他心灵深处播下文学的种子。小晴重重地点了点头，我走出很远，转过身，看见她还站在院口望着我。

年越来越近了，冷清的村庄热闹起来，孩子嬉笑打闹。这些年，空巢老人越来越多，只有年节，儿女回到身边，老人不再孤独与寂寞，身子也来了精神，满脸都是笑。我走过一个院落，两家旧瓦房的屋顶上升起袅袅炊烟，炊烟里溢出诱人的腊香年味……

挤火车时代

老家门前修了一条铁路，这条铁路修建于2002年，贯通达州、万州，是重庆至上海沿江铁路的重要组成部分，是西部大开发和三峡库区的重要配套工程，与达成、襄渝、川黔、成渝等铁路干线联通形成铁路网。我每次回到老家，喜欢站在铁路上顺着两条轨道看，那婀娜的轨道线，不仅具有线条美，而且让人的视线无限延伸……火车，刻在我记忆的是"拥挤""爬窗"等词，是车厢里乘客横七竖八躺着的辛酸史，还有一票难求的无奈。

我中学在城郊火车站一所学校读书，耳闻目睹挤火车的情景。一个周末的下午，老家有人外出打工，他们受父母之托顺道给我带来一些衣物。吃过晚饭后，我送他们到火车站，火车站里里外外人山人海，拥挤不堪，到处是黑压压的人头攒动。一块儿来的乡亲有十几人，背上、肩上都挎着大大小小的蛇皮袋，袋里装着一年四季的衣裳，还有生活日用品，他们大都第一次出远门，我看他们一直处于兴奋状态，从来我宿舍到离开，从坐着床沿到四处张望，眼里都闪着新奇和期待。

外面的世界很精彩，改革开放之初，广州、深圳、厦门这些沿海城市，好像遍地铺满黄金一样。每年春节前后，全国各地的农民，背着大包小包，像洪流一样汇集火车站，他们相信外出打工是一条最好的出路。铁路承载着富裕、梦想和未来，许多刚刚毕业的初中、高中学生也踏上了这条路。

春寒料峭，人们裹着衣裳，任凭寒风吹乱头发，夜在昏暗的灯光下朦胧迷离。离列车进站还有五六个钟头，他们要在这寒冷的夜里等待。我被黑压压的人群推搡着，就像漂泊的浮标，在茫茫人海中忽左忽右。

人群中到处是维护秩序的人，有武警、警察，还有戴红袖章的人。这些执勤的人眼睛紧紧地盯着广场上的旅客，不允许秩序混乱，更不允许混乱中出现违法行为，守护着这里的安宁。

广播里传来甜甜的声音："××次列车要进站了……"广播里的通知就像是一剂兴奋剂，让人猛然惊醒。安检口闭合的钢管门打开了，排在前面的旅客一阵骚动，队列里有位坐着的男子本能地站起来疯狂地往前挤。

从那时起我就执拗地认为，坐火车就是挤火车，排队买票要挤，进站要挤，检票要挤，就连跨进火车车厢门也要挤。挤的过程中，每一位乘客都是铆足了劲，像拼劳力似的，推的推，踩的踩，爬的爬，包裹打在人脸上、头上、手臂上，上车挤，上车后还是挤。没有座位的人挤在车厢过道中、车厢衔接处、厕所旁，而一旦固定在某一个点位，将是长时间的坚持，让你身子、双脚动弹不得，车厢里的气息和味道，沉闷且让人窒息……

旅客拼命挤的原因，就是为了早走。当时火车票虽然三天内有效，当天当次走不了的，可以第二天第三天走，但是，多待一天就多一天的开销。许多农民没有挤走，不会住旅馆，他们蜷缩在夜色中、寒风里，或者待在候车室，抱着行李、背包睡觉，仿若逃荒的难民。列车进站前几个小时，谁也不敢轻易挪动位置，一旦离开，位置就被别人占领。

每年春节前后，打工者返乡犹如一次人口大迁徙，很多年来都出现一票难求的局面，于是产生了票贩子。

票贩子，就是倒卖火车票的人。一些人看准这个"商机"，干起了这个行当。旅客排很长的队到售票窗口买票，往往排到窗口，票却卖完了。但票贩子手中有票，他们像暗流一样，在火车站广场、售票长廊、旅店附近活动，毫无疑问，票价比窗口卖的要高出许多。

政府不允许有这种倒卖行为，因为这伤害了老百姓的利益，每年都要打击，但是，票贩子与执法部门打起了"游击战"，风声不紧时，他们明目张胆地在火车站公开兜售，风声紧时，躲在宾馆、店面附近，半遮半掩，或者人不露面电话联系，先侦察，后交易。从事倒卖票的票贩子"赶不尽"，"产业兴旺"。这样的状况直到二十多年后，交通条件改善，交通工具多样化，才得以改善。

我第一次坐火车，是高中毕业那年跟同学一起去重庆玩，同学大都是铁路子弟，坐车免票，我夹在同学中间蒙混过关，丝毫没有觉得不光彩，反而有一种优越感。

火车就是一种交通工具，铁路企业就是服务行业，所有旅客都是"上帝"，但是，在挤火车时代，一切都反了。时过境迁，现在与挤火车的时代不同了。到2020年，全国高速公路总里程达15万公里，铁路总里程达14.6万公里，水、陆、空竞相发展。火车变得漂亮了，座椅高档舒适了，速度提高了，网上实名制购票，来去便捷，铁路工作人员服务热情、问候亲切。

从"挤"火车到"上"火车，这是社会发展的必然。"挤"是为了生活而拼命，"上"是因为有空位而不紧张，一字之差的背后，是交通条件的变化，是人们从吃饱肚子到享受生活的变化。

刊于《达州日报》2020年8月14日第6版

我为鸟语喧嚣的春天写序

四月是春天的繁华，是鸟儿的天堂；四月的天空，明朗而妩媚，赏心悦目。如果说三月是翠衣叠纱、万丝绿柳，那么四月便是碧绿荡漾、葱茏迷眼、鸟语花香了。无论是山间田野，还是城市公园，到处都是鸟儿此起彼伏的歌唱，像是春天的盛会，为四月演奏最美的旋律。

在我眼里，田园风光是最美的画卷，农舍、炊烟是乡村的诗行，牛羊、鸭鹅，还有潺潺溪水，有如乡村鲜活的生命流动。春天的早晨，不待你醒来，晨光就透过厚实的窗帘驱赶卧室的黑暗，风像个精灵敲打窗户，一只只鸟儿一声紧过一声，唧唧啾啾叫个不停。我最喜欢听这样的鸟叫声了，它像音乐，悦耳、婉转、动听；它像喜讯，给我好心情。

这样的时光，如果你走进大自然，走向田野，就走进了欢愉的乐园。那条蜿蜒延伸的公路，那片碧波荡漾的林地，那长势喜人的庄稼，常常在我脑海浮现，让我的心儿飞扬。清晨，大地刚刚醒来，黯淡的山坳刚披上第一缕霞光。我习惯性地散步于政府院后的那条道路，像孩子一样欣欣然地吮吸泥土的气息，那浓浓的青草味，像少女身上的芳香。走着走着，和煦的阳光即从山边铺洒开来，染了春色，暖了大地。踩着露珠、顶着晨雾来的是络绎不绝的到镇上上学的孩子，他们或被爷爷奶奶、爸爸妈妈牵着手，或三五相约成伴，活泼可爱。他们每天这样，如我儿时一样，天天快乐地飞进梦想的校园。

川东差不多都是春来夜雨。一个雨后的凌晨，一个拐弯的路口，成群的鸟儿在茂密的竹林里上下翻飞，喳喳声、咕咕声、啾啾声、嘤嘤声，或激昂交错，或深沉低婉，此起彼落，飞鸟一次又一次地在眼前掠过。"百啭千声随意走，山花红紫树高低。始知锁向金笼听，不及林间自在啼。"我的心被这鸟儿的自由自在、余音绕梁的歌唱深深吸引住了，平心静气聆听，久久不肯离去。

周末，摄影师向阳、郑思炳来到四川文理学院，赶赴一场春天的约会，我应邀而至。达州西外四川文理学院是新建的分校区，翠柳湖是里面一个不大的园林，亭台走廊、小桥流水掩映其中。或青或翠或嫩或浓的绿，像刚刚新染的，油油的、新新的。一眼望去，朋友正兴致勃勃地拍园里翠柳湖的荷，拍青春的女大学生。我没有走过去，而是漫步在蜿蜒小径上，看春风轻拂细柳的柔情，听枝繁叶茂绿进心里的春语。空气里弥漫着无尽的清新，我的心迷醉在这轻风中，任由和煦的阳光流进我的心房……

耳旁充满了鸟儿清脆嘹亮、跌宕婉转的叫声。喜鹊、杜鹃、燕子，还有很多不知名的鸟儿唱起了春天的歌谣。它们竞相歌唱，像笛声悠扬，像高山流水，美妙悦耳。鸟儿有自然界最美的声音，是四月最美的歌唱，还有什么比这个声音更美妙动听呢？

这里应该是最适宜读书的地方了。两个女大学生并立于桥上，面向荷塘旁若无人地诵读。一个男孩子蹲在石阶上，在画板上全神贯注地画着。在不远处的一个石条凳上，两个恋人依偎在一起。这时，前方山坡上飞跑来一群姑娘，就像林中的鸟儿一样欢快，他们从表演台下来，穿了一样的衣裳，浑身洋溢着青春的气息。

最美人间四月天，那铺天盖地的葱茏，犹如朝气蓬勃的力量在我胸中升腾。院里、山林、村庄，到处是鸟儿唧唧、啾啾地歌唱。这些欢快的鸟儿，在枝头，在田野，在风轻云淡的天空，兜着春风奔跑。

置身于如此明媚的四月天，我的生命以翠绿着色，以诗意绽放，捧一缕阳光，为生活的美好蘸墨，为春风的柔情写诗，为大地的丰收作序！

刊于《心桥》2019年第1期

口罩里的春天

    2020年这个口罩里的春天，我每天走在这条连接家与单位的街上。不觉间，春天已落在行道树的嫩叶和花瓣上，我感到了绿的波浪就在脚下涌动，那是嫩嫩的绿、新新的绿、醉人的绿、生命的绿……

    一个下午，我驾车奔向不远的火烽山。这里已是春色一片，花开了，嫩芽长出来了，风暖了，水柔了，到处生机勃勃，一幅美丽乡村的新画卷在眼前徐徐铺开。农人在地里锄耕，游人在路上踏青，雀鸟嬉闹、翻飞。微风吹过，花粉夹着泥土的芬芳扑面而来，令人心旷神怡。

    我们已经很久没有出门了。三月的天，清新自然，风和日丽，就连太阳也像是新生的，笑眯眯的。达州这座美丽的城市森林资源丰富，山清水秀，北有凤凰山，东有雷音坡，西有鹿鼎寨，南有火烽山，城市被这些富于灵气的山宠着，而这或横峰侧岭，或平缓如寨的山岭，与穿城而过的州河相依，钟灵毓秀。

    火烽山地势平缓，土地肥沃，散布着许多村庄和农户。公路两旁的斜坡上、房屋边，伞状的李树、桃树、梨树错落有致，李花层层叠叠，开在阳面斜坡上，开在房前院后，花瓣完全绽放，洁白如雪。间植的樱花、桃花也跟着开了，油绿青翠的树叶间，簇拥着一丛丛梨花，粉红的、紫色的花瓣争奇斗艳，妖媚动人。金灿灿的油菜花，像一幅油画，在万紫千红的田野中散发着浓郁的花香。大自然中红的、白的、紫的、黄的色彩，相互映衬，绚丽如画。微风吹拂，花瓣漫天飞舞，犹如世外桃源。争奇斗艳的山中，除了农舍升起的袅袅炊烟，不时听见院落里鸡鸭的欢叫声，我忘却了一个多月宅在家里的烦闷和无奈，欢愉的心与春花一起怒放。

乌云遮不住太阳，口罩也捂不住春天。三月的风，没有骨头，柔柔的、软软的，唤醒了草木，唤醒了山水，唤醒了一个青春萌动的季节。我贪婪地想要呼吸整个春天，徜徉在达州城边的塔沱公园、梨树坪、莲花湖。在一个个春的陌上，我看到口罩遮不住的兴奋的眼神。这公园、湖泊、草坪，自春节之后一直寂寞着，如今被一抹阳光亲吻，被一丝霏雨轻抚，被一缕轻风唤醒，密密细细地长出新绿，翠色浸人，让人怦然心动。所有地方，不会一场阴霾的雨就遮住了太阳，不因一张隔离的网就停止了花开，万物都在复苏，一个生机盎然的春天，不会因口罩而失约。

这个春天，更有一种花胜过武汉樱花的繁盛和烂漫，胜过李花的纯美与洁净，胜过梨花、桃花的富贵与典雅，那是战地红花，开在逆行的路上，开在各个站口的哨卡，开在守护生命的医院，耀眼夺目。

我总想给春天写一封信，2020年的春天，没有姗姗来迟，更没有失约，去年开过的花又开了，去年没有开的花也开了，百花盛开，千娇百媚，到处都是生机盎然。

刊于《达州日报》2020年4月17日第6版

南岳放歌

　　我站在旋顶的山峰，看大片油绿的庄稼，看炊烟缭绕的村舍，看血脉流动般的道路，心中涌动着红色的自豪和绿色的希冀。

　　这里，曾经是革命志士用鲜血染红的土地；这里，曾经是共产党人传播火种的摇篮。金家塆、施家河、翰田坝、跳蹬河、旋顶山，活跃着革命者的身影，激起穷苦人的热情。今天，我们站在这红色的圣地上，缅怀先辈的丰功伟绩，感恩这里人民的奉献！

　　我站在玉祖村的果林中，看纵横成行、树形整齐的橙柑，热血奔涌。冒失的春天，当你翩翩而来时，我看到了风的轻拂，听到了花的私语。这一片片连坡成林的果园，一眼望去，郁郁葱葱，生机盎然。九元、尖角、跳蹬、文峰，田坝，连绵数公里，像一个绿色的海洋。这是南岳儿女撸起袖子、奋力拼搏的成果，这是干部们凝心聚力，带领850户、2191贫困人口脱贫攻坚、决战决胜的诗篇。

　　南岳，僻居达川之南，交通条件落后。我们劈山开路，修通了一条条连接千家万户的村道、社道、院户道，成为达州市交通建设的排头兵。今天，我们跃马扬鞭、摘帽攻坚，三大产业、庭院经济、天王牧业，寄托着一方百姓过上幸福生活的希望。2017年，两个贫困村摘帽和700贫困人口脱贫的任务，考验着每个干部的创业能力和责任担当。"只有落入尘埃，才能开出最美的花来。"我们就像一株牛蒡花或一束狗尾巴草，把倔强坚韧安放于田野阡陌、农家小院、山谷沟壑，与这片土地休戚与共，绽放生命的绚丽，播撒泥土的芳香。

每每走在乡间小路上，看到一个个老人脸上的沧桑和期待，看到活泼可爱的孩子们三五成群欢快地走向校园，看到一路的庄稼、沃土、鸡犬，脚步呀，像生风般坚定有力。"谁言寸草心，报得三春晖。"与这片土地相拥时间久了，心也近了，我已投入全部的感情。这里的春风柔得酥软，就连冬季的寒冽也让我兴奋；这里的叶绿得欲滴，就连枯黄的野草都是那么亲切；这里的水融入了我的血液，亲吻着大地。

明天，一幅美丽的画卷，将在南岳这片红色的土地上延绵舒展。1200亩成山成片的乌梅花静静地开放，花枝装点着冬的单薄；旋顶、田坝、天宝1500亩的李花次第开放，扰乱了春的情思；玉祖、九元、跳蹬等村1800亩塔罗可血橙红透金秋十月。

"为什么我的眼里常含泪水，因为我对这片土地爱得深沉。"为什么我的情感如此深厚？因为我是一个农民的儿子，每一位乡亲都是我的亲人！我愿把心安放于此，用燃烧的青春和斑斓的梦想耕耘南岳新的春天！

刊于《达州日报》2017年5月19日第8版

成都雨

  窗外淅淅沥沥下起雨来，我庆幸自己在成都，这是成都的雨。想到此，有些兴奋，不是没有淋过成都的雨或没有看过成都下雨，是我一直居住达州，难得的一次公休，我选择来到成都，不像以往节假日那样来去匆匆，这次是一种悠闲的散淡的状态。在自己家里，在宁静地夜里读着书写着字的时候，突然听到窗外下雨了。雨打在玻璃上，噼噼啪啪，我有种特别的欣喜，竟好奇地想，跟达州的雨有没有不同呢？

  成都是我喜欢的城市，气候湿润，地势平坦，城市建设得很美。几年前选择这里作为老年的居所，一直是我很满意的决定。房屋不大如蜗居，夜寐不过一张床而已，"斯是陋室，唯吾德馨"，虽无古人那般高德，但有现代的温馨和舒适。我喜欢这样的感觉，我兴奋地坐在客厅很宽的窗台上，透过玻璃看窗外，看霓虹闪烁的城市和万家灯火，只见一根根被灯光照射的金色雨丝从眼前划过，闪闪的、密密的、短短的，像无数个细针从天而降。在空旷的夜里，雨声像美妙的音乐，很有诗意，除此以外，还有身子的凉。我喜欢一个人这样无拘无束，或在这足可以睡人的窗台上打坐、恣意地躺着，闭上眼感受雨的诗情画意，享受这只有雨的世界。

深夜最容易思绪万千，像野草，像风筝，天南海北。想念就在这美好的意境中展开。突然想起一个作家说过的话，女人、烟和酒，是男人的最爱，我想这是千真万确的，每个人的心里是不是都装着不想让人知道的秘密？而我，脑海深处牵出一些模糊的印象，万水千山之外，修长的、苗条的你，是不是正关那扇灌风的玻璃窗？或者也在窗前聆听雨的声音？你那一身粉红色凉衫、黑底白色波点短裙一直在我眼前晃动，或者，你正坐在台灯下把这绵绵雨丝敲成诗行，可是天山之外下雨了吗？天不告诉我。

雷声也来了，闪电也来了，雨似乎越来越密，越来越大，直往地面倾泻，我有些疑惑，成都的雨怎么这样粗鲁呢？成都是平原地区，我以为雨应该是温柔的，像苗条的、柔软的、回眸一笑的姑娘；雷应该是温情的，像个绅士，在天空中面带微笑；闪电也应该是柔和的，像绚烂霞光。可是这与我想象的完全不一样，雨、雷、闪电，不仅粗野，而且凶猛，像个野人一般。你看，雷公像个高大无比的巨人手拿石锤，把宇宙震得发抖。闪电也不示弱，站在天边露出狰狞的目光，恶狠狠地像是要掀开这座城市所有楼房的屋顶。不一会儿，这些雨变成暴雨、大暴雨，气势汹汹而来，啊，成都的雨怎么如此不讲道理，如我生活的那个乡村粗暴凶猛、脾气刚烈！

接下来，闪电撕裂夜幕，雨像吓坏了的女子蜷成一团。朋友圈里，绵阳涪江大桥遇险；甘孜丹巴河水猛涨；华阳街道成河；市区小汽车变成汽艇冲在浪花里……

这一切来得太快太猛，瓢泼大雨把我喝咖啡的闲情雅致一扫而光。

　　我蜷在这雨里、风里、雷里，缩在风驰电掣的闪电中，身体的血液像湍急的河流一样奔涌，那是一种外人无法体验的畅快。对不起，我喜欢这样的雨，与自然灾害无关。我坐在床上不睡，只是纯粹地听雨，享受雨和我心的酣畅淋漓，别无他意。

挑　水

　　过日子不是诗情画意，没有文人墨客那样的恬淡悠然，譬如挑水，就从不浪漫。周末，回乡下看望老人，潜水泵发生故障，我毫不犹豫地重拾水桶、扁担、担勾，就如重拾那段岁月。

　　当年的水井早已弃之不用，我只能去邻居谭大林家挑水。说是邻居，其实是300米外的邻组。谭大林知道我的来意后热情地接过水桶，拧开龙头，自来水哗哗流进铝皮桶，水花拍打在桶壁上，奏出欢快的音乐。这时，穿粉红色、花格子羽绒服的两个女孩从屋外跑来，一高一矮地站在几米开外，好奇、疑惑地看着我这个陌生人。谭大林说叫"叔叔"，她们听话地叫了一声"叔叔"，看到她们衣服上的墨汁和油渍没有洗净，头发梳得也不整齐，我心里暗笑，农村孩子本色如此。谭大林小时家贫，38岁才与本组一个同样穷苦的女子组建家庭，如今年届50岁，两个孩子大的11岁，小的才8岁。

　　在农村，你家经济情况如何最直观的是看楼房。谭大林没有手艺，靠种地下力过日子，几年前在这里修了新楼，虽然不像其他家那样瓷砖贴面，里墙也没有刷白，但四扇三间一楼一底，排在一起倒也气派。这样的楼房是上几代农民想都不敢想的，他本不是这里的人，是二组一个大院子的人，搬迁到这里修建的，农村从来没有规划，随意修建，以前的三合院、四合院被拆得七零八落。改革开放以来，很多青壮年怀揣梦想外出打工、挣钱，然后回家把房子搬到公路旁，单独立户。

谭大林老婆从地里回来，看见我远远地打招呼，高兴得眼睛都闪着笑。她身材矮小，两只粗糙的手在胸前拘谨地搓揉，衣裤上粘了不少泥土，一脸的淳朴。看到里屋还有一个80多岁的老人，我说："像你们老老少少住在一起的，已经不多了。"谭大林说："我们照顾老人，哥哥外出打工，哥哥一年到头只是给点钱，看都不看一眼。"看得出，谭大林有些怨气。孝敬老人，光拿钱有什么用呢？农村像他们老老少少住在一起的家庭已经很少见，老人跟子孙住在一起，算是幸福的了。

两只水桶装满了水，我动作生硬地把扁担扛在肩上，两手各攥着扁担两头的绳子，弯腰、挂桶、起身，盛满水的两只桶就像我肩膀两头的天平盘一样，忽高忽低，而高低平衡全由我手攥绳的力量控制。

我已经多年没有挑水了，这不足50公斤的水，虽然不是很费力，但我缺少锻炼，走一小段路就气喘了。我不喜欢挑水，想起当年屋檐下盛装5担水的扇形石缸，想起家里早已弃之不用的那口井，想起那条来回不知走了多少次的泥土小路，心里不免有些心酸。不是500米的距离远，而是文弱的我惧怕体力活。但是当年在老家，每次水缸空了，我都会倔强地把水缸挑满，挑水时即便喘不过气来，心里也暗自告诫自己，男子理应担起责任。每次就是这样的信念，支撑着我一次又一次地跟跟跄跄，支撑着后来的工作。

一口口老井，曾经是农民的生命之泉，依靠地下水或雨水、地表水的滋养，养育了一代又一代人。儿时，我看到过村庄里很多水井，像冯朝门、村子里、曹家院子这些大院，院口都有一口砌得很坚固的水井，比我家那口普通水井要贵气得多。井水深不可测，井壁由石头围砌，井口美观大方，井水清澈洁净。有的水位因季节变化而变化，有的即便在旱季也水量丰沛。

据说水井是龙眼，所以人们在潜意识中，对永不干涸的水井总有种敬畏之情。邻组曹门院子那口井，水深数丈，附近几个院子的人都到这口井里挑水。因为水井深，井口长期放置一根长竹，竹子一头是小孔，小孔扎根绳子，绳系水桶，方便挑水的人从井里拉水上来。有次我在那井口玩耍，把头探到井口，向里面"喂——喂——"地喊叫，里面传出一模一样的声音回应我，水面也映出我呆头呆脑的样子。

我家门前那口普通水井，只两户人吃，所以经常是我家掏洗，这叫掏井。而每次掏井，都有泥鳅、鲫鱼之类的收获。春水涨起来的时候，水井里会跳出青蛙和游来游去的小鱼。现在想起那些可爱的青蛙和灵动的鱼儿，心里都美滋滋的。如今这口水井周围已是杂草丛生。

我工作时到村里看到那些为群众饮水立过汗马功劳的水井，也因院里住户外迁而荒废，只有院落里的残壁断垣，在向人们诉说它曾经的辉煌和今日的沧桑，我不免有些唏嘘。挑水曾经是农村千家万户必不可少的劳动。如今，很多家庭跟我老家一样，安上了全自动吸泵设备，厕所、厨房都安上了水管，需要用水时，拧开龙头，水就像一首欢快的乐曲，哗哗地流出来，水桶、扁担之类的用具成为我这一代人的记忆。

刊于《川东文学》2019年夏季号

一碗粥

　　从乡下回来，已是傍晚，妻子晚上有饭局，我的饭得自己解决。吃什么？脑子里略一迟疑，决定熬粥喝。一个人吃晚饭，还熬粥？是的，生活就是这样，怎么开心怎么来，怎么快乐怎么活。

　　厨房的活简单，打开米桶柜，凭感觉按下约100克的米，用水淘洗后倒入高压锅中，打开火，然后洗手，从泡菜坛里摸出几个酸辣椒、几个新大蒜、几根酸豇豆，三下五除二，很快就做好了。这时，高压锅里开始出气……

　　等待饭熟的间隙，时间就是自己的了。我到电脑前弄我的照片，那是单位搞篮球比赛的照片，要想同事看到清晰自然的照片，我得用软件修图。照片是RAW格式，很占内存，半天才打开一张，电脑还时时卡，之前一个下午也没弄出多少张，费时费力，弄得脑壳痛。

　　我的时间就这样被文字，被图片，被发呆挤满。自己的时间由自己主宰，做自己喜欢做的事，就是我最大的快乐。

　　我从高压锅里倒出粥，刚好一中碗，然后和着一碟泡菜，一个人津津有味地吃起来。突然想到参加工作不到一年的大女儿，因为压力大而烦躁不安，有种度日如年的煎熬，活得一点也不愉快。我十分不解，一个知识分子，在一堆高学历求职者中被选中进入职场，看上去是很光鲜体面的银行，她工作为什么这样痛苦？是不是给自己的压力太大了？是不是太急于求成了？很多时候，两代人观念不同起冲突，而后彼此无语。后来，我慢慢总结问题出在她的工作环境，出在银行光鲜背后的辛酸，尽管女儿不跟我交流，不给我打电话，我从心底体谅和原谅了她，自己跟自己和解，她们毕竟还小……想到此，立即拍下粥饭和泡菜，发到家庭群里，打上文字："生活就是这样简单，简单得如一碗粥、一碟菜、一盘花生米、一碗面条。"就是想潜移默化地影响她们，人一生中最重要的是快乐，快乐生活，快乐工作，而不是其他。

吃饭是很简单的事，简单得如我的一碗粥、一碗面条，但是，吃饭又不是一件简单的事，如接待客人，如招待来宾，如宴请长辈；有请人，有被请，有同级，有上下级，有同学，有朋友，有工作交流，有业务往来……不同的饭局有不同的档次、不同的规矩、不同的吃法。

现代社会很多人不在家里吃饭，像儿时在农村那样，一家大小七八个人围在一张桌子上吃饭已是很难得的了，夫妻都各有自己的工作，即使在一个城市，都难得一起吃，是领导的，外面的应酬饭局多，是职员的，也是工作快餐，即便是周末，辛苦一周，也喜欢邀请朋友，或打牌喝茶，或爬山郊游，吃都在饭店，家中的厨房没有了烟火味。

我喜欢吃家里的饭，不紧要的应酬都会推掉。孩子初高中时，正是我应酬较多的时期，但是我能推掉的都推掉，每周六亲自买菜、做饭，然后等只有半天假的两个女儿回家一起吃饭。六年如一日，饭桌上父母子女其乐融融，既增强了孩子与父母之间亲情，又悄无声息地培养正确的三观。家庭教育永远是第一位的，在外人看来，两个孩子读到大学、研究生，是她们自己争气、学习刻苦的结果。于我来说，两个孩子思想健康、积极、乐观，我们的家庭氛围好，才是她们安心学习的基础和前提。从某种意义上说，她们做事踏实、做人诚实等品质，都源于家庭的影响。

而今，我们夫妻俩成了"留守中年"，老婆在私企工作，周末常加班，我成了名副其实的光棍，时间、空间全是我的，我往往乐此不疲。如果想吃大餐，炒一只鸡、一只鸭或者一盘肉丝，甚至买半只卤鸭，逍遥自在，优哉乐哉。

吃过饭，我三下五除二刷了锅碗，埋下头，在电脑前弄起照片来……我的房子不大，但我的心很辽阔，吃饭只是让自己活着，至于如何活得快乐，才是最为重要的。我在自己的时间和空间中遨游，生活如酒、如花、如茶……

刊于《达州晚报》2020年7月8日第9版

散步记

吃过晚饭，院内一片寂静，我叫上综合办小冬，去单位背后那条熟悉的小路。在乡下工作，习惯晚饭后去政府楼背后那条村道上散步，释放工作忙碌带来的压力，抖落满身的疲倦。

寒冬腊月，天直接掐去了傍晚，下午6点就已昏暗无光。小冬刚参加工作，与我相差20多岁，我们或一前一后，或并排走着，相互无语。这样甚好，我喜欢这样的状态，这样心就可以天马行空，思绪可以肆意飞扬。一路夜色朦胧，村庄、田野、山峦隐隐约约，只有这条发白的水泥道路像条飘带伸向村子深处，不见鸡鸭归圈，不闻人语，也没有灯光亮起，田园村落好像即要入眠。

这条村公路格外冷清，没有了白天的喧嚣，我正诧异怎么不见夜归人，这时背后传来匆匆行走的脚步声，我慢下脚步，转过身与这位老农打招呼，边走边攀谈起来。

"年猪杀没有？"我问。

"杀了哟。"老农乐呵呵的。

"腊肉熏香没有？"我笑着问他。

"香了、香了。"老农高兴地告诉我他家杀了多大的猪，"柏树枝丫熏肉那个香……

言语间，肉香好像飘进了鼻子让我垂涎。我调侃他："你实话实说，不怕我来偷吗？"

老农被逗乐了，说："我认得你，不怕。"然后是爽朗的笑声，我为他的"认得"而惊喜，这让我很温暖。我认为村民跟你调侃幽默，无戒备地说心里话，就是对你最大的信任。对于我来说，这是对我最大的奖赏。

渐渐地，村庄亮起了灯光，像萤火虫。偶尔传来两声狗叫，狗也只是试探性地叫两声，声音低沉无力，没有白天疯狂。这条路一直向几个村组延伸，我们走了两公里多，宛若走进长长的夜色中。

"回吧，有些冷。"寒风打在脸上，钻进背脊，我漫不经心地说。

看到农村黑灯瞎火，小冬若有所思："要过年了，打工的还没有回来？"像是自问，又似问我，我没有回答。

这正是乡村炊烟袅袅，喂猪、吃晚饭的时间，农村却一片寂静，好奇让我转向一个岔路。我要看看这里的住户，有没有人在家，是不是已经睡下了？穿过几户有灯的人家，来到公路尽头，夜色朦胧，我看不清路，小冬打开手机，手机的光让我看到路旁是两间低矮砖瓦房，我像近视人看路一样，弯下身子，两眼紧盯脚下的石坎路，凭感觉摸索，一步一步走上石阶，凑近门板，往门缝里瞧，只见缝隙间有一丝弱弱的光。"有人。"我轻声说，然后用手轻敲两下，没有反应，再敲，还是没有反应，小冬即要叫门，被我制止。我说："算了，不要打扰人家，万一人家以为我们是坏人呢。"

在岔道口，来到一户卷帘门还没有拉下的人家。屋内的灯光照亮大门，照进深邃的黑夜，我站在门外向里面打招呼，正在堂屋看电视的中年男子显然有些尴尬，忙不迭地走出来。一个老婆婆听到说话声，从里屋走出来，招呼我们进屋。我没有进屋，站着介绍自己，小冬又补充我的职务，他们嘴里"哦哦"不停，分明不认识，但他们很热情，邀请我们进去烤火。这个中年男子是老人的儿子。老人80多岁还很硬朗，面容和善，眼里、皱纹里尽是慈爱。我高兴地跟她寒暄，问她家里几口人，日子过得怎么样，穿得厚不厚，说话间我伸过左手，亲切地摸摸她穿得厚与薄。老人笑着答着，眼睛盯着我看，像看她儿子那样欢喜与慈祥。我再三说天冷要穿厚实些，不要着凉了。老人很幸福的样子，频频点头。离开时，我说："要过年了，要防止小偷哦。"

"小偷？很少了，现在治安好多了。"老人的儿子很有感慨，对我们的关心充满感激。

返回路上，我对小冬说："农村住户稀散，如果深更半夜遇到歹徒，遇到抢劫，真不好办。"

"现在很少抢劫了。"小冬回我。

"盗窃与抢劫是可以转换的。"我说，像是回答他，又像是提醒自己。小冬没懂我的心思——我是在告诉自己，抓好农村治安是我们最基本的工作。以前经常发生打架、斗殴、盗窃等案件，这些年来，农村社会治安也有了根本转变，农民安居乐业、安分守己，这是农村经济发展的结果，是村民打工、生产有事干的结果。而为他们创造安定祥和的生活环境，正是我们的职责。人们富裕了，谁还愿意去闹事呢？

转过一个弯，看到万家灯火的街，这夜色中的乡村繁华、宁静、安详。那或亮或暗，或红或绿的灯光，像亮在了心里，给人温暖、希望、信心。我与小冬朝着"灯光的方向"迈步快走，坚定有力。

刊于《达州晚报》2019年2月15日第6版

咏着诗歌，在春天出发

　　3月19日早晨，达川、开江、宣汉、大竹的文朋诗友，带着一颗颗热情奔放的向往桃红柳绿的田园的心，三三两两向达川南城聚集。达州诗人符纯荣站在清风薄雾中，扬起编号纸，指挥大家按次乘车，一齐向春天出发。

　　我站在达川南岳镇油菜花开得正灿烂的山坳口，远远眺望。经过冬的运筹，春的酝酿，一场诗诵的盛会在我的眼前飞扬。我似乎听到一路的欢歌，一路的花语；似乎看到10辆小车在高速路上奔驰，52名文艺家徜徉在碧绿的田野中，沉醉于一路的春暖花开。南岳镇是他们此行抒写的诗行，大大小小的街巷正以整齐干净的镇容、热情真诚的笑脸迎接他们。站在街口，我似乎闻到了从"南大梁"吹拂而来的诗歌的气息。我守在大院门前，屏声静气地等。纷飞的花香扑鼻而来，几天来一直阴雨的天空，突然放晴，露出了羞涩的笑脸。所有的同事都衣着整洁，满眼期待，内心涌动着忐忑的欣喜。不时传来联络员兴奋的声音："已经下高速了。""过虎城了。""进场镇了。"……我似乎听到了喇叭声，我感觉到车轮拐进了弯弯曲曲的街巷。到了，到了。不一会儿，一条长长的车队鱼贯而入，驶进院内。同事们泊车、引领、发证，有条不紊，不亦乐乎。看到一张张熟悉的面孔，一双双亲切的眼神，我以迎春的姿态，急不可待地同他们握手、笑语、颔首。所有的期盼，所有的激动，所有的情感，在院内荡漾。

一阵寒暄之后，众人来到会议室，大家不拘形式地坐着、站着、挤着。我站上讲台，弯着腰，微笑着，给他们逐一介绍在旁的领导，然后对采风活动的内容、时间以及镇情作了一个简短的陈述。我特意点名介绍，好让文艺家们彼此认识。这是一个见面会，是为来自各个区县不同单位却走在一起的朋友搭建的认识平台。会议室里热情洋溢，暖意融融。

由党委副书记张勇带队，一行人分赴两个采风点，聚焦红色文化、新村建设、产业发展。50多名作家、诗人、摄影家、书法家，走在乡间田坎上，走在宽阔洁净的水泥路上，走在油菜花香飘四溢的梯田间，走在和煦的春风里，领略那一座座漂亮的洋房，那一山山茂盛的柑橘，那一群群欢叫的鸡鸭，用笔触和相机记录这片热土上红色的历史和脱贫奔小康的成就，用真情与大爱书写无比绚丽的春色和生机盎然的景象。在神龙村和排路村，一坡坡、一面面、一沟沟金灿灿的油菜花，是诗的华章，是镜头中的欢笑，激起了这群文人骚客的欢呼雀跃。在明媚的春天里，女士们或吻花瓣，或闻花香，或拍花景。

我陪同宣汉诗人向萌、电视台主持人宁小燕、知名朗诵人陈涌等到中心小学操场试音排练，为下午的诗诵做前期准备。步入中心小学校，主题词"春到南岳·达州文艺家走基层"在春天的画卷中格外醒目，舞台两旁的标语"弘扬红色文化，以干事创业的青春热血谱写'文旅靓镇'的新篇章""坚持实干苦干，以奋勇当先的铮铮誓言完成'攻坚摘帽'的硬任务"铿锵有力、气势恢宏。标语下面16个金属框架制作成的作品展一字排开，一个框架一个作品。作品展里有作者生活照、作者简介、作品内容，作者都是达州本地人，作品都是赞美南岳风情的美文。这一布置增加了朗诵会场的视觉美感，让整个校园具有浓浓的文化氛围。陈涌、宁小燕坐在座位上，练习着朗诵诗《点赞南岳》；诗人王崇地和朗诵者陈颖反复修正着合诵的语感；宣汉诗人向萌正手拿夹板陶醉于她自己创作的诗歌《远方》；刘明素试嗓半曲，柔美的音喉如从天际而来，美妙动听。

下午的诗歌朗诵会如约而来。图书馆王盛红女士向中心小学赠送数百册图书，表达了他们的深情厚谊；社区舞蹈《火火的中国》热情奔放；初中学生带来了诗朗诵《少年中国说》："少年智则国智，少年富则国富，少年强则国强，少年进步则国进步……"数百名中学生齐声朗诵，振聋发聩，台下的观众沸腾了；歌者刘明雪的《芦花》婉约柔美；夏云女士的小提琴独奏曲《茉莉花》柔情舒缓；主持人宁小燕的《欢天喜地》唱得鸟也欢喜花也欢喜，为整场朗诵会增添光彩。这是一场文学的盛宴、诗歌的盛宴，一首首优美的诗歌，一曲曲声情并茂的朗诵，震撼着观众的心。

春光绚丽，诗意悠扬。达州作家罗红梅的《三月》，把花蕾的心思藏在南岳，让杏花、樱花、梨花最意味深长的部位发出了光。她深情地朗诵，像旋顶山下千亩李树上的花魁娘子，款款而来，让人沉醉。如诗的三月呀，你是作者绿遍天涯的情。唐益明的《生机一片》，将千树万树花开灿烂的春天呈现在我们眼前，我们仿佛走进了万物萌发的春天，走进了梦的田园。李雪梅的诗《红豆》，让我们不经意间醉倒在李商隐一粒红豆绯红的意绪里。王崇地的《故乡的请柬》情意绵绵："那年，我在边关哨卡的梦呓里/仿佛听见——你一声又一声/把我的乳名呼唤/故乡呀，我跟你的距离，是远隔千山万水的思念/故乡啊，我跟你的距离，是梦与梦之间的呢喃/将来，无论我走得多少遥远/你都是我在外漂泊的理由，拼搏的源泉/将来，无论我走得多么遥远/你都是我战胜困难的底气，避风的港湾。"王崇地和陈颖两位交替朗诵"将来"，使诗的魅力和张力直抵人心，引起内心长久的共鸣和对故乡深情的呼唤。还有什么比艺术的感染力更能力透纸背、震撼灵魂？胡有琪的《春天举起南岳镇的一朵微笑》、谭长海的《在南岳，借春风的手勾勒心中的喜悦》、蒲小莉的《南岳孕育春天的梦想》，对南岳的爱，像清泉流过田野，流过山谷，流过果园，流过群众的心。邱绪胜的《一朵南岳的花儿》，把南岳的春耕、春景融入诗行。杨建华的《东南方 南岳》、向萌的《远方》等，为远方的南岳亮起一盏灯，无论日月如何变化，这里的天空一片蔚蓝。张光莲的《公仆赞》，赞扬了南岳干部务实为民的美德。言农的《点赞南岳》，以激情之笔，赞美了南岳镇的美好未来，为诗歌朗诵会的压轴篇章，把朗诵活动推向高潮。

"春天举起南岳镇的一朵微笑/迎宾/老远/我就听到了桃花走下山的脚步声/正赶着一个个春天的故事/欢天喜地而来……"抒情的诗句，在南岳镇的土地上吟诵，此时，我们咏着诗歌，向春天出发。

漫话读书

收到周国平的新书，我急不可待地拆封、翻页，凑近书页反复嗅闻，墨香扑鼻而来，书还没有读，满足感已经涌了上来。

每当看到图书馆的各种书籍时，或在书房翻阅桌面上堆放的书本时，我充满兴奋和满足。我快乐得像要飞起来，仿佛看到粮仓里堆满了金黄的稻谷，两眼发光。有书在身旁，于我而言，不管读与没读，都有一种踏实感。闻着墨香，我就有了读书的冲动，读着读着，心情就无比愉悦。

"黎巴嫩文坛骄子"纪伯伦认为，读书、写作是人精神生活之一，是人内在的心灵活动，是人的"自我"。一个人外在的一切，包括财富、权力、欲望，都不能满足它，它如同一座看不见的房舍，如果这房舍是黑暗的，你无法用邻人的灯把它照亮；如果这房舍是空的，你无法用邻人的财富把它装满。毋庸置疑，这是指人要有一个精神的"自我"，如果只有肉身，也永远无法让精神上的那座房舍光亮。唯有读书，唯有通过与书中文字、思想、灵魂交流与碰撞，把书中的思想融入自己的血脉，才能产生自己内在的灵魂——产生点亮房舍的火花。

我并不是一个研究科学技术的人，也不是一个博览群书的人，我不知道自己应该读什么样的书，所以读的书很杂。直到中年，才知道自己喜欢历史类的，喜欢现代小说类的，喜欢"四书五经"，喜欢散文，喜欢部分风格的诗歌……

开卷有益。读一篇喜欢的文章，仿佛有美妙的音符在灵魂里跳跃，或者是暴雨之后，郊外野花遍地带来的那份清新。文字是个神奇的东西，看似无声无影，却能让人产生不同的情绪，或忧伤、惆怅，或喜悦、兴奋。有的书能拯救人的灵魂，有的书能影响人的一生，有的书能给人力量，有的书让人深思。人在低沉的时候，书是最好的良药。拿一本书，看着看着，就有一种东西在血液里涌动。你会和作者产生共鸣，心灵被文字中的光芒照射，那"黑暗的屋子"不知不觉就亮堂起来。

读书时，满足于一种读书的味道。随着年龄的增长，读书再没有以前那般如饥似渴，大都散漫而读，随性而读。有时好不容易有了闲暇，欣喜地从书柜里取出一本书，计划去阳台、咖啡厅或者郊外的草坪漫读，可是这样摆开架势，计划要读几大篇目或一个下午时，往往只读上一篇、一段，就不读了。合上书页，回味刚刚阅读的文字，或者把书盖在脸上，闭上双眼，听树上鸟儿悦耳的欢唱，这时，时光流动中都是身心的愉悦。

读书是一种修养，读书人受人尊重。一次相聚，认识一位新人，他既擅长摄影，又长于书法。看了他的作品，内心肃然起敬。他的摄影作品，妙手偶得，耐人寻味；他的草书作品，飘洒自如，行云流水。书法，只有融入人的灵魂，才是书法，否则只能叫字而已。摄影、写作，概莫能外。作品背后，是外人不知的勤读与苦练，虽然辛苦，但是其中的快乐，却是外人享受不到的。

生活中，一些人乐于应酬，打牌、喝酒，美其名曰人缘好。

或者在这些人的观念里，生活就该这样物化。这种物化的享受，终有一天会引发颓唐，精神世界干涸成一片荒漠。精神才是人的支柱，仿若一个人的骨架。有的人精神上有过追求，但在功名利禄的追逐中失去了初心。蓦然回首，被物化的世界已经没有了书香做伴的那份恬淡与优雅。"腹有诗书气自华。"读书能够浸润心灵，这样的浸润，非盛夏之洪流对田地的灌溉，而是春夜细雨对土地的无声之润。

我喜欢在书海里遨游，书是我生活的一抹亮光。数年前看到城市行道上的书亭，就想着老了也去申请开办一个书亭，那里有最新的报纸和最时尚的杂志。我也想过，退休后去边远山区支教，既可以在三尺讲台传道授业，又可以在安静的环境里读书。社会发展太快，由于智能手机的普及，轻轻点击手机屏幕就可以浏览天下新闻，书报亭消失得无影无踪，碎片化信息充斥着我们的头脑。可是我在手机里，无论如何也找不到读书的那种快乐。

物质生活的富足，终不能代替精神生活的匮乏，一个有力量有幸福感的社会，终是与读书连在一起的。读书是一种精神活动，当我们的物质需求得到满足，必然需要一种更高层次的精神来支撑，那就得读书。

老家那条河

偶然翻到10年前一个初冬的日记，日记里写道："早晨，步行从南城到市内，途经通川桥，看到州河的水混浊发黄，我心里莫名的难过，有种想哭的感觉。这条宽阔的河，因枯水而裸露出许多石头，石头上有许多蚊虫……"

州河之水的一部分来自老家明月江那条河，明月江的污染给我留下了深刻的印象。那时我在家乡工作，经常看到河面白沫漂浮，河水墨黑，一年四季难见清澈。每到秋冬，雨水枯竭，河水断流，河底或大或小的坑凼里全是"死水"，黑得发臭，臭得让人掩鼻。只有洪水过后，水的刺鼻味才稍稍减轻。据说是上游某个县引进了两家大型企业：一个造纸厂、一个糖果厂。

前所未有的污染，让明月江经历了一场"生死浩劫"，令人不堪回首。当时大家的环保意识比较差，面对如此严重的污染，不知如何是好，沿河两岸的乡亲更是无可奈何。后来，造纸厂、糖果厂相继关停，但是水污染对环境和人类的危害，非一时可以挽救，而环境修复更是需要很长一段时间。

老家那条河给了我无限的美好。明月山山脉绵长、巍峨挺拔，森林资源丰富。在我的印象中，明月江的水澄碧，像山泉一样甜美。小时候，我一直以为明月江是很长的一条大江，长大后才知道，它只是陡峭山谷形成的小河，全长40多公里，发源于开江县境内，从任市、靖安，流经葫芦、麻柳、亭子、盘石，在南外小河嘴流入州河。

葫芦乡就是我老家。葫芦乡临河而建，因地势狭窄，街道只有三五米宽，东西不到一公里，而且处于杨家坳山的峭壁下。街道临水一面比较开阔，是一块洼地，日积月累，形成一个极大的滩涂。那街、那河、那滩涂，是我儿时的游乐园，是我对老家深深的印记。

这里之所以能形成上百亩的滩涂，是因为滩涂以西——街尾杨家院对岸一座叫公山的山挡住了河水的去路，河水形成迂回的旋涡，河流在此转弯向南流去，这广阔的地面被沙石和泥土填埋，形成了洼地。旋涡处就是一池深潭，潭间耸立着一个硕大无比的石头。石头绝非"土生土长"，颜色与周围迥异，不知哪年哪月从何地而来。石头耸立于平静的水中，使水面形成"葫芦"形，由此起名"葫芦潭"，葫芦乡也就因葫芦潭而得名。

葫芦潭水深数丈，据说还没有人探到过底，许多水性好的人到这里都会胆怯。我小时候初学游泳，就是在这里溺水，幸亏被人救起，但从此也就断了学游泳的念头。现在每每提及游泳，我就想起当年的惊险场景。

滩涂上这块长长的沙滩，给我的童年带来了无穷的欢乐。秋冬季节，水量减少，大部分沙石裸露，宽厚的沙丘如同男子宽阔的胸脯，光滑、干爽、厚实，沙丘上到处是圆的、扁的、方的等各种形状的鹅卵石。这些鹅卵石小巧、干净、精致，在阳光的照射下闪闪发光。

我喜欢脱掉鞋子，光脚踩在松软的沙滩上。踩在鹅卵石上，脚心痒痒的，一种无法用言语形容的酥软漫过全身……或者，坐在河边，把脚浸泡到水里，听潺潺的流水声，看河底奇形怪状的石头。河水唱着欢快的歌，跳跃着、飞奔着，向前奔流而去。河里的小鱼儿自由游弋，像精灵，在石缝里钻来钻去。

附近的人为了捞鱼，就地取材，用石头堆成石堤，河水被上下阻断，石堤成倒"人"字形，在"人"字形的缺口放一个大竹篓，鱼儿随着水流乖乖进入"陷阱"……

最难忘的，是河岸边洗衣女子的欢声笑语。农村妇女总是那样豪爽，一边洗着衣裳，一边说着大胆的话。妇女们嗓门高，打情骂俏、撩人心怀的话张口就来，彼此附和，然后哄然大笑。笑声在山河里回荡。

老家那条河，平时文文静静，像个温婉的女子让人喜欢，但是只要暴雨来袭，引发山洪，山上大量的水俯冲而来，冲进沟壑。沟壑里沙石俱下，水浪翻滚，在旋涡、河石处激起一人高的浪花。峡谷中的洪流一路呼啸奔腾，气势磅礴，宛若一条咆哮的巨龙。

小时候听大人说，龙要回大海的时候，就要下暴雨。于是每次河里涨洪水，我就随大人去街头看热闹，好奇地想："这河里会有龙吗？"龙没有看到，只看到那数百亩的滩涂宛若汪洋大海，沙滩、鹅卵石、小路、地里的庄稼，全都淹没在洪流中……

街上依山而建的房屋，仿若是水岸人家，地势低矮的地方，洪水漫进屋里，乡亲们忙于搬物品。乡亲们都很有经验，即便洪流涌来，也不会惊慌失措。我们站在岸边，脚下的洪水像拍打岸堤，有的地方水漫上了岸，仿佛温柔的女子在跟岸堤缠绵。胆大的孩子试着在浅水里踩，裤脚和衣裳溅满泥水。对于我们小孩子来说，踩水、打水仗是很好玩的一件事，但会被身旁的大人好一阵责骂。

河流是大地的血脉，是农业的命脉。保护河流，保护蓝天，保护生态，就是保护我们的子孙。我多次震撼于自然的力量，保护自然，顺应自然，尊重自然，这是千古不变的法则。明月江奔流千年，哺育着沿途的生灵，它从我的老家而来，融入了我的血液。

经济建设绝不能以牺牲环境为代价。明月江的污染已经是过去的事了，我也坚信，历史不会重演。

这些年来，从天空的蓝、山峦的青、湖水的秀，我们已经感受到生态文明建设的力度，10年前日记里描写的情形已经成为记忆，今日的文字依然是警示。环境保护这一伟大事业任重道远，绿水青山就是金山银山，热爱我们的家园，就要保护山、保护水、保护生态……

亲情友情

RENJIAN ZHENAI

不说再见

不想留下缺席的遗憾，不想欠下她们一份爱，我最终决定参加两个女儿的学位授予仪式。她们背上书包，从一蹦一跳的"小不点"，到硕士研究生，19年的读书时光就这么一晃而过，这之间无论经历怎样的风雨或困惑，爱的港湾始终像一盏温馨的灯，散发着积极、健康、善良的光芒。

2019年6月22日下午，赶到成都参加小女颖颖的毕业典礼。远远地看到身穿学位服、戴方形黑色帽的学生，或三五成群、或与父母一起，兴高采烈地以校门为背景拍照留影。走进校门，校园沉浸在毕业季的沸腾中，草坪上、校训前、树荫下，到处是欢笑的学生，学生们脸上洋溢着青春的气息，我似乎看到了他们飞翔的梦想，看到了祖国朝气勃勃的未来。"青年是八九点钟的太阳，世界因你们而精彩。""青春是一个耀眼的名字，一首激昂的歌。"我此时的心，也像一条欢快的河，溢满青春的赞美。

不见女儿接我，我在微信中打下文字："来不来接驾？"

"我在寝室收拾东西。"好像无动于衷。

"不帮我搬东西就算了，还要接驾，我大概是最独立的女儿了。"女儿又补了一句。

我开心一笑，我们父女就是这样，宛若兄妹或好友那样调侃、幽默。女儿真没有跑出来接我，许久问我去她寝室干吗，我一时语塞，好像我来与不来，与她无关，女儿顾自忙碌，反倒让我不知所措了。

我失落地朝校外走去。学校旁一条巷子热闹非凡，有各种各样的小吃，这大概就是学生的"好吃街"了。我随意走进一家小吃店，点了份水饺，一小碗就几个水饺，吃过之后不饱，我抬眼看客人，都是这样的一小份，斯斯文文，我便不好再要一份。女儿吃毕业晚餐，留我一个人孤独，我眼里一片迷茫，内心涌起一阵莫名的酸涩。

拿着女儿给我的邀请函，我在校园里踽踽独行，边走边打听具体位置。对于许多家长来说，有孩子陪同，脸上洋溢着骄傲和自豪。于我来说，是我尽了责任的一种释然，正如考试知道了考分，人生知道了结果，反而不那么激动了。

运动场上，4000多名毕业生有序地坐好，方阵连着方阵，家长座位在最后几排。我看天色尚早，来到舞台旁，那里时有家长、学生留影，女儿还没跟我合一张影呢，我给女儿发去微信："出来拍一张哦，这个时候我不要出场费哦。"女儿恍然大悟一般，从座位上跑了出来，在时光的间隙，留下我们一生中珍贵的影像。

晚上7点，文艺表演开始，音乐响起，歌者伴着飞扬的音符，唱着青春的歌，观众的心随着优美的旋律荡漾。这是一个充满活力、充满自信的时代，这是一代个性张扬、思想开放的大学生，幽雅舒缓的乐曲，青春舞动的热情点燃了整个运动场，鼓掌声、吆喝声、欢呼声，此起彼伏，台上台下沉浸在欢乐的气氛中。

如果说，授予学位是整个活动的高潮，那么，演唱的本校版《不说再见》，便是高潮中的高潮。一方面，屏幕上像幻灯片似的展示莘莘学子学习、生活的画面，播放老师严谨教学的图片，呈现保安人员、管理老师默默付出的镜头，点点滴滴，触动灵魂；另一方面，轻快的音符和真情实感的歌词，引起全场的共鸣，大家不约而同地打着节拍、跟着歌唱，梦飞的喜悦和别离的愁绪在天空弥漫。厨房师傅、保洁阿姨一张张憨厚的笑脸，一只只挥动的手，一句句祝福的话语，感动我，感动所有人。许多学生脸颊上流淌着泪水。如果说这些大学生是金字塔的璀璨明珠，那么这些普通劳动者勤劳的手、真挚的心就是金字塔的砖石。

"不说再见，就一定会再见。声音穿过冬天来到你身边……感恩遇见，感谢并肩，简单的拥抱胜过了万语千言。不说再见就一定会再见。"毕业季的时刻，总是那样难舍难分，正如我们当年，每一个人都像流入一条河流，从母校起航，挥挥手，手中却攥紧泪湿的线，拥抱一下同学吧，不说再见，我们还会再见。我给女儿发去微信："这个节目很有意义。"后来，女儿在朋友圈发了这样的文字："人生旅途中路过的你们都闪闪发光，食堂的阿姨、育人的老师、微笑的同学，离别不是终点，不说再见，未来可期。"我似乎看到女儿泪眼蒙眬。

接下来是一拨又一拨、分层次分梯队的授予学位仪式，女儿是第二批上台的。像流水线一般，在闪烁的灯光下，我根本看不到女儿"流"到了哪里，偷偷钻到舞台的正下方，胡乱地抢拍，试图抢到一张女儿正面的照片。

23日早晨，乘车、转车，从成都赶往重庆，参加大女文奇的学位授予仪式。文奇给我一番新气象：她一大早就关注我的动向，坐车一个多小时从学校赶到重庆火车站，不断地用微信指挥我，下车往哪个地铁口走，去什么广场，买什么站点的动车票，上几号车，等等。我被女儿牵着鼻子走，真好，这是一种满满的幸福。

见面后，在哪里吃午饭、什么时候拍照、坐什么位置，文奇详尽地告诉我。她仿佛就是重庆的主人，而我是贵宾。她不仅自己一路相陪，而且还邀了宿舍两个同学一并陪同我吃饭拍照，大家玩得十分开心。对于这个女儿，因为一些事，我心里憋了许久的情绪，本想给她敲一次重重的警钟，可是看到她如此周到细致，又不知从何说起，心里暗想，她的情商必将有助于她事业的打拼。

她的学校分批次授予学位，我没有时间参加她学校研究生毕业典礼，只参加了下午学院的拔穗仪式，虽不宏大气派，但也庄重严肃。无论是以校为单位，还是以院为单位的授予学位仪式，对孩子们都是一种至高荣誉。一分耕耘一分收获，我深深地祝福他们，祝福自己的两个孩子。

晚饭后，我赶到火车站回达州。离别的时候，女儿说，这些天，她们都在互相道别，早已哭得稀里哗啦。《不说再见》又在我耳旁响起……

刊于《达州晚报》2019年7月5日第6版

为父亲做饭

秋天还没来得及绚烂，寒冷就猝不及防地骤然来临。我丢下手头工作，奔走在老家泥泞的路上，老家有牵动我神经的老父亲。

父亲已是耄耋之年，脾气暴躁，不苟言笑，对子女缺少温情，常为生活琐事发怒，久而久之，姐妹们都不愿回去。我是他唯一的儿子，曾经也是他的"对头"。后来，我事事顺着，他说左，我绝不谈右，从那时起，父子之间的冲突才得以缓和。他曾对他的儿媳说："儿子再错，也是自己的儿子，不去计较了。"我听后频频点头，心里苦笑。

推开门，一股暖气扑来，屋中央煤炉火烧得通红，父亲裹件长呢大衣，孤零零地缩蜷在摇椅上。父亲看到我，脸露惊喜，不停地对我嘘寒问暖。"砍柴，把手指划了条很大的口子，前天晚上发烧，痛了一个晚上。"父亲边说边伸出左手。我看他食指皮开肉绽、指节红肿的样子，心里一紧，仿佛痛在我身上。

"走，去乡医院上药。"我站起身，毫不犹豫地说。

父亲拖着软软的声音说："不去了，好多了，就是做饭不方便。"

突然间，我内心生出怜悯来。父亲从来就是衣来伸手、饭来张口，母亲过世后，因为刚烈、固执的性格，不跟子女生活，守在这无人陪伴的老屋，也怪孤单与可怜的。

"你宰只鸡吧，难得回来。"父亲欣喜地说。

"两个人，宰鸡？好难弄哦。"我说，"干脆跟我一起去城里，我家冰箱里有鸡。"我分明感受到父亲想吃鸡肉了，或许，是想吃自己亲手饲养的鸡，自养的比买来的更有感觉和味道。但是，我不想做饭，同时借这个由头又对父亲做起去城里居住的工作。

"去城里，养的十几只鸡怎么办？"我知道，父亲是决然不去的，这只是借口而已，于他来说，城里的高楼进门脱鞋，出门穿鞋是很费神的事，后来我让步说不脱鞋子，他想了想依然摇头。我想，陈旧的思想与观念，是他融入城市的最大障碍，不随和与自我，是他进入陌生群体的一堵墙，这让我很无奈。

"前几天去了老战友家，他们做的鱼才好吃哟。"父亲边烤火边对我说。我心一惊。"你又去战友家了？"父亲当过兵，扛过枪，上过朝鲜战场，艰苦的军旅生活练就了他一副强健的体魄，耳不聋、眼不花。我很多次回老家，每听说他又去了老战友家，或是去了麻柳场镇买日常用品，我都心惊胆战，要知道，他这老战友和那个场镇，从家往返几十公里，他有时还是步行！上了年纪的老人，路上出了意外怎么办？我时时与父亲讲道理，可是他从来不听。

寒风呼啸，山色昏暗，一群活泼的鸡正在屋侧的地里嬉闹啄食。父亲一面向门外晒坝撒玉米粒，一面"咕咕"地呼唤。听到唤叫声，几只鸡摇摇摆摆追啄玉米粒向屋里走去，我则到门外围赶。它们哪里知道，这是诱惑它们的死亡陷阱，它们更不知道，剥夺它生命的，就是喂养它长大的主人。

我一个人在厨房忙活起来，烧水、宰鸡、褪毛、火燎……父亲就像一个孩子，时不时来厨房观看，跟我说着话，我感到从没有过的温暖遍流全身。如果父亲多些这样的温情和柔软，多些"听从"，怎会如此孤单？我悲从中来。毕竟是自己的父亲，我们只有顺着他的性情，多些陪伴，多为他做些事，才心安无憾。想想宰一只鸡可以管几天了，省得父亲做饭感染手指伤口，我忙活的劲头更大，浑身是力。

酸辣鸡是我的拿手菜，不仅入味，而且具有川东特色。我还会做酸辣鸭、酸辣鱼、清炖排骨、猪蹄等，家里来客人，这些大菜差不多都是我亲自下厨。连父亲也不明白，儿子怎么会做手好饭菜呢？我想，可能是我好吃的缘故吧。面对厨房三瓶"好女婿"担担面佐料，我无所适从，这远不及我家油、盐、酱、醋的顺手和方便。没放生姜、大蒜、葱头，或许更有原生态的香醇。

做饭是锅碗瓢盆的交响曲，中间有许多灵活多变的音符，譬如鸡块下锅爆炒的过程中，就要备好豆瓣、花椒、料酒等，待油锅干水分后，就一股脑儿倒进锅里，接着倒入事先准备的沸水，一切做好后，又要忙着清洗蔬菜，准备下一个菜的原料。见缝插针地演奏着这些连贯的、紧凑的音符，别有一番情趣。

先前回老家，我都是约上姐妹，或跟老婆同往，自己自然不做饭。如果我一个人回家，则到餐馆炒了菜带回去，或是叫上父亲一起上街吃，或是随意做一顿敷衍，从没像这次认真地为父亲做过饭。酸辣鸡的酸辣味在屋里弥漫，我让父亲先吃。父亲在厨房转了一会儿对我说，他想吃面。我爽快地说："好，我给你做。"我专注地清洗好乡亲给的蔬菜，切上一块米豆腐，先烧一钵原汁原味的菜汤，再为父亲下一碗面条。

看着父亲吃得有滋有味，我怜爱的心像潮水般涌动。父亲本该跟我们一起居住的，唉……子女都有各自的事业和家庭，在乡下陪伴老人，一起吃饭、聊天、晒太阳，已是身不由己的奢望。父亲身边没有人陪伴，是我最大的心病。

我准备驾车返城，父亲从里屋出来叮嘱道："天黑，路上打滑，不要开快了。"我承诺道："这周末如果我没有紧要事，就回来给你做饭。如果回不来，下周末一定回来看你。"我每次都这样承诺，算与父亲的一个约定。他像个听话的孩子，重重地回应一声"嗯"，眼里充满期盼。

离开时，父亲一直站在风里，久久不回屋，我看不清他的神情，但是我能感受到他内心对儿子的依赖、留念，还有外人无法体会的孤独和无奈。

刊于《达州日报》2019年12月6日第6版

泽华哥和萍姐

泽华哥是一个聋哑人。他家门前那条路，是去乡上赶场的必经之路，曾经也是我回老家的必经之路。这些年，只要我经过泽华哥门口，都要下意识地向他那幢楼望一眼，然后惋惜地摇摇头，伤感的情绪绕上心头。

泽华哥全名叫邓泽华，中等身材，体格强壮，比我大10多岁，跟我并不是血亲。论辈分，我该叫他哥。他见到我，总是咿呀，用眼睛说话，一脸笑容。我心里并不讨厌他，不懂如何跟他交流，不不知道交流什么，只是对他笑笑。

泽华哥结婚了，我吃了一惊。老家条件差，要讨一个女人不容易，哪个女人愿意嫁给一个聋哑人？女子是明月江河上游，50公里外的人，家庭条件如何我不知道，只知道生产队里多了一个女人。我离开家乡读书，然后又在离家30公里外的地方工作，跟生产队的人很少接触，生产队里的人和事，都是从父母的交谈中知道的，他们对泽华哥女人的评价是褒义的。

春夏交替的一天，我在办公室忙碌，门口突然来了一对夫妻——泽华哥和他老婆。我惊讶之余赶紧起身，让座、倒水。泽华哥高兴地不时打着手势，我不懂他的意思，但我从他的表情和手势上能够感受到他很兴奋。他老婆很爽快，跟我寒暄一阵后，说明了来意。原来，他们要搬出老屋，另选地址修房子，托我给他们办新建房屋的地基手续。

泽华哥老婆穿一件蓝色花衬衣，充满乡土气息，衣服干净整洁，人长得朴实大方。我知道泽华哥家的情况，他是家里的老幺，有个分了家的哥哥，哥哥两口子脾气古怪，跟他们水火不容，对母亲也态度粗暴，不孝顺。泽华哥母亲是一个很贤惠、和善的老人，我叫她婶娘。我们虽然一个住村东，一个住村西，但是我去她院子里玩时，她待我总是一副笑脸，我也从不拘束。泽华哥跟他母亲住在老屋，老屋破旧，而且狭窄，老屋有他哥哥的一份，要跟他不讲理的哥哥嫂子协商拆老屋，是件很麻烦的事。

听得出来，泽华哥和他老婆不想跟他哥哥一家打交道，更不想跟他哥哥做邻居。他老婆说完后，两口子眼巴巴地望着我，眼里闪着期盼的光。

我第一次跟泽华哥老婆说了这么多话，看得出她是一个明是非、懂道理的人。母亲亲切地叫她萍，我也明白了母亲为什么时常说她的好话。我该叫她嫂子，但不知什么原因，我脱口而出叫了声"萍姐"。对泽华哥，我不喜欢像别人那样叫诨名，总觉得叫"哑巴"有歧视的意思，我也不习惯叫哥哥，而是称他为老兄。我收下了他们手中的申请文件。我知道，农村要批一块地修房子并非易事。他们离开后，我把这份申请文件转给了批地基手续的部门，跟他们讲了泽华哥一家的实际情况，便没再过问。

几个月后，我回老家，母亲说泽华哥从老院子搬到了村公路旁，那里比老院子亮堂多了，然后一个劲地夸他们两口子能干，吃得了苦。他们种地，下苦力，勤俭持家，修了一栋三间一楼一底的砖瓦房，这在当时算是很能干的了。

村里人大都戴着有色眼镜看人，对泽华哥的生活和婚姻从来就不看好。但是萍姐执意嫁给了他，或许就是看中了泽华哥机灵、勤劳，有吃苦精神。冲这点，萍姐确实没有看错，泽华哥从小就懂得吃苦，做泥砖瓦活挣钱。

泽华哥结婚后，两口子过着日出而作、日落而息的生活，第二年生下一女。泽华人机灵，对农村栽秧搭谷、耕田筑埂、修房造屋之类的劳力活都不在话下，农闲时又操起做泥砖瓦的活。日子虽然说不上红红火火，但也算是顺风顺水。泽华哥的家，是萍姐当，两个人靠双手劳动，省吃俭用，勤劳苦干，把家立了起来，几年之后，把房子修到了公路边，不再受他哥哥的欺负和白眼。泽华哥和萍姐的家，可以说是他们一身泥、一身汗干起来的，是他们精打细算，从节衣缩食中攒出来的，是暗地争口气争出来的，那一幢一楼一底的三间砖瓦房，就是他们付出的收获。以前不看好他们的人，都从心里认同了泽华的老婆是一个会持家过日子的好女人。

萍姐不仅把家里的事安排得妥妥当当，而且与生产队的人也相处得平平顺顺。她乐于助人，哪家需要劳力，只要萍姐一个眼神，泽华哥都乐于帮助。他们的新楼在赶场的要道口，成了许多过往人的歇脚地。平日里，萍姐要好的朋友，院里的老人小孩，都喜欢聚在这里，或站或坐，家长里短地闲聊。

萍姐很热心，队里哪家办酒席，哪里缺人手，她都会自告奋勇，帮着办酒席的厨子切菜、装碗、蒸肉，而泽华哥也是乐此不疲，紧随其后，帮忙搭桌子、搬厨具、打盘。他们热心助人，他家遇到有什么事，大家也都主动帮忙。泽华哥母亲过世，我赶去吊唁时，院坝里黑压压地坐满了人，都帮忙招呼客人、料理后事……

父母家有几亩田地，每年栽秧搭谷都要请人。那些年，泽华哥和萍姐总是主动帮父母做活，我几次回老家，母亲都给我说，劳力活全靠泽华两口子照顾。母亲没有文化，竟然知道喊"泽华"更妥更亲。这些年来，他们待我父母如亲人，而我的心里，也慢慢地把泽华当作自己的哥哥，把萍姐当作自己的姐姐。

一个下午，老家队上的银银打来电话，说萍姐不行了，正拉往县医院……没过多久，电话又打来："萍姐死了。"听到这个噩耗，我如五雷轰顶，脑子像炸了似的，眼冒金星，无法言语……我没有掉泪，只是痛彻心扉。

萍姐下葬前，我怀着十分沉重的心情赶到她家，看到堆满花圈的灵堂，闻到寄托哀思的香蜡纸味。我缓缓地烧了纸、点了香，闭着眼，脑子里一片空白。看到泽华哥，我走过去，用力抓住他的手，一言不发。我能说什么呢？心里除了痛还是痛，胸口像压了一块石头，憋气、难受。脑出血这个魔鬼，残忍地夺走了一个年轻女人的生命。萍姐猝不及防地撒手人寰，留给我们撕心裂肺的痛。

离别时，看着跑前跑后的泽华哥脸色蜡黄、颚额突出，明显消瘦了许多，我悲伤起来，他后半生怎么办？我转眼看到一脸悲凄的侄女——萍姐的女儿，穿一身孝服，站在那儿沉默不语。侄女虽已长大，但不谙世事，还挑不起家里的重担。我轻轻地对她说，有什么困难直接来找我，然后头也没回地离开了……

第二年春节，我回老家，路过泽华哥家门口，看到他家门半开着。停下车，我向他家走去，他畏畏缩缩从后面冒出来，无精打采，一脸憔悴，没有了往日见我的神采。我看着他，从兜里摸出一沓钱，直接放进他的裤兜里。

之后，有一天突然从老家传来消息，说泽华哥死在家里，几天后才被人发现……

刊于《达州晚报》2020年7月28日第6版

皱纹里的幸福

从15岁那年离家外出求学开始，我常年在外乡读书、工作，很少抽出时间与村里的乡亲走动和联络，特别是这么多年从没为他们帮上什么忙，心里一直感到愧疚。为了弥补这份亏欠，我决定借父亲90岁生日，在老家办几桌酒席，请乡亲们喝几杯，续上这份"断交"的情谊。通过这个机会，我真切地感受到了他们平淡日子背后的幸福。

乡下做酒是要提前邀请的，我走在熟悉的道路上，看到熟悉的院落，倍感亲切，仿若回到了儿时。不同的是，先前的泥土小路变成了水泥车道，先前的大院子，只剩下少数几户人家，在蒋家院子，从辈分上该叫舅舅的人家门虚掩着。我敲了敲门，里面的舅妈一眼就认出了我，惊喜地唤我的乳名。里屋的舅舅也跑出来，高兴地上下打量我，然后把凳子擦了又擦，热情地让我坐。不知不觉间，两位老人已经70多岁了，头发白了一半。他们开心地跟我聊起往事、家事和生产队的事，哪家包工哪家种地，哪家遭灾哪家离婚，哪家打工没音讯哪家儿子生病死了。我耐心地听着一个个熟悉的名字和他们酸甜苦辣的故事。

"但是，日子都好起来了，楼房都修起来了，路都修到了院子。"我感慨地说。

　　"那是，比以前好多了。"舅舅满脸皱纹，眼里闪着光，"政府做了很多事，路不只是修到院子，还修到了户。"我心头一热。

　　他哪里知道，这些年来，我工作的那个镇就修了40多公里院户路，而达川区新建和硬化农村公路一万公里，村道、社道、院户道像毛细血管伸向千家万户，彻底改变了农村肩挑背拉的历史。可是，14年前我在这个乡工作时，通乡路是泥碎石路，很多村根本不通公路。我居住在离乡14公里的一个镇上，每周都要在坑坑洼洼、凹凸不平的泥碎石路上颠簸，经常晴天一身灰，雨天一身泥。那个时候，没有农村公交，三轮车是乡镇之间主要的交通工具，有次我挤在车里，透不过气来，被迫站到车厢边缘，脚踩玄梯，手拉车篷支架，身子就在车篷支架与玄梯间悬吊着。那天刚刚下过暴雨，公路坑坑洼洼，车一颠一颠，不一会儿，我的裤腿就被溅满泥浆。当车摇摇晃晃开到乡上时，我已是一个泥人。人像摆钟一样，在车上忽左忽右地摆动，要不是双手抓牢车篷，稍不留心就会被甩到车外，这样的情况想起都心有余悸。而今，看着像绸带一样在山间伸展的道路，仿佛看到了山外的风景，给人希望和力量。看到农村很多家庭都有了小车，生活真是越来越好。

　　每一个乡亲见到我，仿若见到一个失散多年的孩子，十分亲热，这让我很温暖。来到村子里，不知从哪个角落里窜出三只狗来，吓得我左躲右闪。这让我想起儿时读书时，每每经过这个院子都小心翼翼，而狗又是很灵敏的动物，稍有响动，惊动一只，其他狗也蜂拥而至，那是种刻骨铭心的惧怕。一个晚辈媳妇从屋里跑出来，一面吆喝狗，一面笑盈盈地迎我，亲人般的情感像一股暖流在身体里流淌。她指了指西边那户人家，说："那是你顺叔和黄婶家，他们搬出去修了新楼。"顺叔和黄婶是我父母的对头，我清楚地记得生产队劳动时他们与我父亲经常吵架的情景。那个年代，大人之间有了矛盾，我们晚辈自然也不往来，现在想来真是惭愧。

顺叔坐在门外矮凳上，跷着二郎腿，背靠着墙，眺望远方。"顺叔，你好。"我远远地叫他。他似乎听到了我的声音，眼睛定定地看着我，露出木讷的笑容。黄婶从里屋出来，满脸惊愕，瞬间额头舒展，笑容爬上脸庞："啊，这是江儿啊，稀客，快坐，快坐。"乡亲发音不准，都把我叫作江儿。每次回到家乡，这成了我最喜欢的称呼。黄婶这样叫我的时候，我的心暖暖的。顺叔凑近看清了我，又惊又喜。黄婶眉开眼笑，把椅子搬到我面前，对我说："你顺叔的耳朵更背了。"

"两个老人80多了吧？"我问。

黄婶笑着说："我们都82了。"

乡情不但没有因为时空、距离而留下空白，而且没有因为上辈隔阂而疏远。黄婶拿出家里的水果、瓜子，像待自己孩子一样。我知道顺叔和黄婶也是争强好胜的人，那个时候暗地里跟我家较着劲。

我问："顺叔、黄婶，你们子女都好吧？"

黄婶笑起来，脸像一朵花："好着呢。"然后告诉我，谁谁谁在哪里做事，谁谁谁在哪里成家，孙子、外孙多大，特别是说到几个子女都在城里买了房子时，抑制不住内心的幸福，脸上洋溢着自豪。我乐滋滋地听着，为她们由衷地感到高兴。改革开放让成千上万的农村青年走出山村，追逐梦想和希望，许多农村人因此而在城市安家落户，谱写一曲又一曲奋进之歌。

父亲生日这天，顺叔黄婶买了鞭炮来了，生产队在家的人都来了。老人们聚在一起相互调侃，彼此嬉骂。他们的皱纹，是健康活着的快乐，是家长里短的幸福。翻天覆地、日新月异的变化总让人目不暇接、眼花缭乱，但是，乡亲们的幸福就是住上好房子、过上好日子这样简单朴实。

刊于《达州晚报》2019年10月29日第9版

吃　酒

　　一个月前，姐夫唐开给我打电话说，他腊月二十一娶儿媳妇，临近了，又打电话反复说不要误了日期。姐姐这个人好客、热情、义气，10年前我在他那个乡工作时，她得知我跟她同姓，又同辈分，就认我是娘家人。

　　吃酒是头等大事，姐夫一家虽然是农村人，经济不宽裕，但他们看重的是姐弟这份情谊。宽阔的道路绕山环水，在峡谷中像绸缎一样伸展。我踩下油门，车像脱缰的野马飞驰在去姐夫家的路上。我调大车载音响的音量，音乐的鼓点撞击心房，我随着音乐放声大唱，身心是一种畅快淋漓的释放。

　　一路上，白墙青瓦的楼房在浅丘山地错落排列，仿若一幅田园风光的美丽画卷。农村住房都是傍着道路修建，高高低低、绵延不断的新楼，宛若一条条新建的街道。道路对乡村经济发展起着决定性作用，越靠近城镇的乡村，经济越发达，越靠近主公路的乡亲，家庭越富裕。川东地区短短10多年时间，修的村社道路像蜘蛛网一样，把千家万户连在一起。我几次在村里的岔道上迷了路。

　　几十公里的乡村路，紧赶慢赶赶到姐夫家村口时，已经11点多了。背面小山头的坡面上，三间青砖黑瓦房就是姐夫家。远远看去，他房前的坝子里站了许多吃酒的人。姐夫站在坝子的陡坡公路上张望，看到我后，不声不响地走了过来。姐夫瘦削单薄，身材高挑，背微驼，少言寡语。迎了我后，他向正跟人说话、背对我们的人喊："泽兰，弟弟来了。"姐姐转过身来，三步并着两脚跑来，仰起脸看我，笑吟吟地问："弟妹怎么没有来？两个孩子呢？"

"她在值班，走不脱，两个孩子毕业都上班了，更来不了。"我说。

姐姐拉住我的手不放，眼睛里闪着光。我们边走边聊，坝子的人有人眼尖，认出我来，亲切地叫我，眼里闪着久违的亲热，我笑盈盈地走了过去，老莫、老刘、老张马上站起来跟我握手。我离开这个乡已经10多年了，他们对我还这样友好与热情，我心里暖暖的。

来到后屋，姐夫、姐姐和他们的女儿芳芳正在商量娶亲的事，我好奇地问："彩礼花了多少钱？"

姐姐说："儿媳妇是本乡五通村的，他们没有刁难，只花了五六万。"

"五六万？不多啊！"

"衣裳、三金等，前后也不少，10多万元啊，光照婚纱照就花了一万。"姐姐絮叨着这笔不小的开销。

"什么是三金？"我疑惑不解。

"金耳环、金项链、金手戒。"姐姐惊愕地看着我，掰着左手拇指、食指、中指耐心地说。

我抿嘴笑，心里说："农村还在意这个。"然后用肯定的语气笑着说："该给，人家父母养个女儿也不容易啊，你们还算花得少的，很多地方讨一个媳妇要花几十万呢。"

话虽这样说，但我知道他们攒钱也不容易。相对于经济发达的农村，这里地势偏僻，人们只靠种粮食，好在他们后山上有一片青脆李，每年可卖一两万块钱，姐夫打零工也可挣点现钱，不然，就是拿几万块钱都困难。

我老家娶亲也是这些风俗，头天中午办席，叫"抬人郎工席"。这名字听起来不顺也不雅，但是字意明确。姐姐说，这天中午要把为娶亲帮忙的人请来吃饭，把本组的乡亲请来热闹，以答谢乡亲对主人家平时的帮助，而乡亲们则随一份礼庆贺喜事，这是农村多年沿袭下来的风俗。中午吃过"抬人郎工席"后，帮忙的人就要把男方送给女方的猪肉、鸡、鸭，还有烟、酒、糖抬到女方家，这叫"过礼"。女方家用"过礼"的猪肉办席招呼客人。"过礼"礼品和陪嫁品的多少，体现了双方家庭的经济实力和对娶亲婚嫁的重视程度，男方越有钱，"过礼"的东西越多，越有面子；女方越有钱，打发的嫁妆越多。不过，现在不兴这个了，女方也不再用柜子、木箱子这些木制家具作为嫁妆了，男方不用安排壮劳力去抬"抬货"，而是第二天一大早用车队迎亲。我看到姐姐屋里摆放着足有100多斤的猪肉，心中不禁哑然失笑，对我来说，这些陈旧的习俗反倒很新鲜。

我想起儿时坐席的情景。大家看到端上桌香喷喷的热菜，眼珠骨碌碌地转。不知谁一声吆喝，就像下了一道命令，大家齐刷刷地伸出筷子相互客气地招呼："快趁热吃。"然后夹上一块肉放进嘴里慢咀细嚼。桌上的老者像品菜大师，慢吞吞地从嘴里吐出话来："这菜咸味合适。""这菜炖得耙软。"桌上，大家绕着席间的菜肴展开话题："这个厨师手艺不错。""这个主人家大方，菜弄得多。"

乡里办席正菜有的是八大碗，有的是十大碗，菜都是这些菜，差别就是肉厚实不厚实，味道鲜美不鲜美。不一会儿，肉糕、酥肉、红烧白、肘子、蹄髈、粉蒸排骨、扣肉等摆了满满的一大桌。生活富裕了，人们不缺吃，一桌菜大都吃不完。望着桌上丰盛的菜肴，我体脂过高，对这些肥肉只能看看。乡亲们劝说："怕什么，想吃就吃。"经不诱惑，我夹起肥实的扣肉，吃得满嘴油香，每一道菜肴都令人回味无穷，喜沙肉甜而油腻，入口即化；蹄髈、肘子肉质肥嫩，香气浓郁；肉糕、粉蒸肉糯而清香，酥而爽口；红烧肉肥瘦相间，松软舒口；扣肉酥软清香，嫩而不糜……

"办一桌席多少钱？"我问同桌乡亲。

"有包工不包料的，60元一桌；有全包的，四百五起价。"老莫说。

"包给人家，什么都不用操心，省事多了。"我说，"时代变了，儿时那种请厨师办席的情景再也没有了。"我清楚记得当年乡里办酒的情景。乡里有淳朴的乡风，哪家办席，本家的或隔壁的乡亲都自发来帮忙，有的摘菜，有的切菜，有的配菜，有的装盘，各有分工，按部就班，驾轻就熟，像一条有条不紊的流水线，而这些帮忙的人都是配角，掌勺大厨才是主角。请谁做掌勺大厨是个大事，这个人在这一行里不仅要有名气，能做平常难得吃到的大菜，而且要人品正，席办得怎么样，吃席的人心里都有一杆秤。如果主人家请来一个远近闻名的大厨，又舍得备肉食，来坐席的人自然吃得高高兴兴，主人家脸上也有光彩。那个时候办一次酒席，得用好几百个土碗，借很多桌凳，还要借蒸笼、案板等厨具，劳神费力。现在农村人越来越少，这些办席用的餐具也越来越少，便产生了"办席一条龙"的专业队。专业队既方便了做酒办席的乡亲，又找到了一条谋生致富的路子，办酒的人只需出钱，其他什么都不用管。这虽然省了不少事，但似乎少了邻里间相互帮衬的那份情谊和欢乐。

席上，大家边吃边喝，边喝边聊。乡亲们虽然没有什么文化，但是来自各方面的信息丰富，从村民生活的小事，到天南海北的大事，谈出的观点、见解并不逊于文化人，这之中既包含着他们的人生哲理和生活况味，又有他们朴素的思想观和价值取向。在举杯畅饮的热闹中，我读到了乡亲们的喜好和盼望，看到了他们内心对美好生活的向往。

我向姐夫和姐姐辞行，他们像提前做了准备似的，姐夫扛起一袋大米，姐姐则到里屋捉了一只红公鸡送我到车上。姐姐边走边说："你姐夫年龄越来越大，工地上做杂活都不要他了，还要挣钱养老。"我一阵心酸，父母为两个孩子费尽了心血，而自己的路还有很长。我坐进驾驶室，姐姐身子靠了过来，把头伸进窗里，眼巴巴地看着我，她瘦瘦的脸庞全是岁月刻下的风霜，我看着她，默默无语。路上，耳旁是她一直说的话："我们做一辈子的姐弟。"

刊于《达州日报》2020年5月8日第6版

不能割舍的喜爱

时光荏苒，不觉间《达州晚报》已经年满20周岁，仿佛是记忆中的孩子，蓦然间长成了俊朗帅气的年轻小伙。

耳闻达州日报社创办《达州晚报》时的激动和期待仍记忆犹新；如今，晚报植根于达州这片土地，成了达州人的精神食粮。这些年来，晚报聚焦民生和社会热点，为达州的改革和发展欢呼，为社会的和谐与文明呐喊，就像一股清新的风，吹进万千读者的心里。一起起重大的社会新闻事件，一个个灵动的新闻人物，一篇篇撰写达州风土人情、改革先锋的文章，读来鲜活亲切。

《达州晚报》与《达州日报》是孪生兄弟，但《达州晚报》是达州日报社主办的自办发行报纸，在当时思想还没有完全开放的内地，创办一种自立于市场的报纸，这对办报人的勇气和气魄是一种考验，对办报的质量和水平也是一种考验。我清楚地记得，从那时起，每天清晨或傍晚，在我所居住的城市，《达州晚报》的卖报人，走街串巷，"卖报，卖报，《达州晚报》，重大新闻……"这样的吆喝声成为城区一道亮丽的风景，像影视作品中的卖报镜头。那个时候，我在乡下工作，每次回到城里，在车站、擦鞋摊、商店，或者行走在大街上，都会碰到左手托着一沓报纸的卖报人对我吆喝："《达州晚报》，看达州重大新闻。"

望着那一双征询和期盼的眼神，我总会掏出零钱，从对方的手中接过一份散发着油墨芳香的报纸。

新创办的《达州晚报》，就像一个弄潮儿，满怀壮志，信心百倍，以"办百姓最爱看的报纸"为宗旨，推出一个个反映百姓生活、服务社会的栏目，抓住人民群众关心的达州本地重大新闻事件追踪报道，回应人民群众的关切，以新闻的视角满足不同群体。随着一篇篇生动而又有力的报道，一次次强大的舆论监督，晚报在本地报刊中脱颖而出，获得社会广泛好评。一时间，晚报成为不同群体读者争相阅读的报纸。

后来，晚报又不断开创精品栏目，开通"市民热线"，策划一些具有影响力的实践活动。那个时候，我是一个新闻写手，虽然已经不记得初读《达州晚报》的感受了，但这些年来，读《达州晚报》已经成为我的习惯。晚报让我记住了刘秀品和"秀品杂说"，记住了刘成娟和"达州时评"，还记住了"气都夜话""刀客快评""巴山夜雨"。在我的理解里，如果《达州日报》是达州主流媒体的"正餐"，那么《达州晚报》就是达州人正餐前后的"点心"，是我喜爱的一杯清茶或一壶热咖啡。

我是《达州晚报》的忠实读者，一直关注着它的策划、版面和栏目。办公桌上每天都有一沓新报刊，我总是抽出最新的《达州日报》和《达州晚报》。《达州晚报》紧扣时代发展，紧贴群众生活，不断推陈出新。其间应运而生过《达州晚报·新闻周刊》《达州晚报·家周刊》，还有《房产专刊》《医药专刊》《餐饮专刊》《家电专刊》等。可是无论如何变化，都没有改变"一眼就能认出"的熟悉面孔和味道。我对《达州晚报》说不上每篇必读，但总是要浏览一遍，遇到"小号字"版块文章，则要细读慢品。很多时候，出差到别的单位，或在城区餐饮店就餐、洗车店洗车，只要看到门店里有《达州晚报》，我都要拿起翻阅。每每看到"小字号"文章，我都有一种兴奋的感觉，那是文学园地，里面的作品或是社会评论、或是亲情文章、或是心灵驿站，都弥漫着文学的气息。对一些能打动我、让我欲罢不能的篇章，我总会收集起来，带回家放入书柜，或者剪下来，粘贴在剪贴本上。

"巴山夜雨"是晚报的副刊园地，是达州本土文学爱好者的舞台。从晚报创办以来，一直保留着这个栏目，成为传播巴渠文化、培育本土作家的园地。这块乐园连接着文学与作者的心灵，也承载着我的梦想。那些或寓情于山水的游记，或给人启迪的心迹实录，或语言优美的抒情散文，让我喧嚣浮躁的心归于宁静，哪怕麻友的邀请，我都不为之所动。我喜欢读短而精的小文章，有时读到一段精彩的描写，我会忍不住拍案叫绝，沉浸在愉悦的情绪中；有时读到一句段精彩的描写，或者一个准确使用的词语，而让画面生动鲜活起来时，我的目光总是久久停留，然后一遍一遍地不停勾画。副刊园地成了我学习写作的"教材"，读了刘秀品的杂文，我试着写杂文；读了刘成娟的评论，我试着写时评；读了文学类的"巴山夜雨"，我试着写心灵文字。

我是一位读者，也是一位创作者。多年来，我业余时间笔耕不辍，从最初的新闻写作转向文学创作。至今我依然清楚地记得第一次到报社送稿的情形。那是我回县城出差，我带上几篇文稿来到达州日报社。我小心翼翼地回答门卫的盘问，轻手轻脚地穿过楼层走廊，探头探脑地寻到晚报编辑室，心里也忐忑无比。在我心里，这是充满文化气息的院落，神圣而令人景仰。里面的人都低头忙碌着，我语气诚恳地说："我写了几篇文章……"一个女子抬起头来，看了我一眼，指了指她旁桌，说："那是刘成娟副主编。"我激动起来，我十分喜欢读刘成娟的"达州时评"，她的语言干净利落，说理一针见血。我迅速拿出稿子递到她的面前。她抬起头看了我一眼，平和地说："放在桌上，我看看。"然后又低下头忙着处理稿件。我从晚报编辑室退了出来，虽然前后不到一分钟，但是我记住了她清秀的脸庞。没几天，我的几篇文稿中，登出了其中的一篇《请勿打搅我的双休日》……

在《达州晚报》副刊上，相识了许多作者。多年之后，我跟这些作者成了生活中的朋友。因为文学，我跟日报、晚报的主编、编辑熟悉起来，文学成为我们心灵联系的纽带；因为文学，我们建立了生活中不能割舍的友谊。

日月如梭，四季更替，历史长河中，20年只是弹指一挥间，但是《达州晚报》自创刊以来的这20年，正是中国改革开放变化最快的20年，也是达州日新月异、经济腾飞的20年。这20年里，《达州晚报》日夜陪伴，风雨兼程，以干事创业的激情，带着媒体的使命和为民的情怀，记载了达州政治、经济、社会诸多方面的发展变化。而今，《达州晚报》已成为"中国地方都市类报纸最具品牌价值十强"，成了达州甚至四川省都很有影响力的文化传媒阵地。

当前，新媒体应运而生，对自办发行的纸质报刊的生存与发展提出了更大的挑战。质量是报纸的生命，使命是肩上的责任，祝愿《达州晚报》百尺竿头，更上一层楼。

刊于《达州晚报》2020年11月12日第9版，荣获"我与晚报20年"征文活动二等奖

一张报纸一生情

《达州日报》是我每天必读的报纸。

20多年前，我还是单位的年轻人，又在《农村青年》发表过文章，单位看重宣传，写新闻的重担自然落在了我肩上。可是我哪会写新闻啊？为了不辜负组织的期望，我从《达州日报》上现学，反复读记者采写的稿件，然后试着写新闻稿。如此反复练习，功夫不负有心人，所写文稿终于见报了。已经记不得第一篇新闻稿发于何时，也不记得具体内容，但是看到稿子见报时的激动心情依旧记忆犹新，那种喜悦，一直伴随着我的整个写作生涯。

当年经常熬夜写稿，稿子来得快，被《达州日报》采用的也越来越多。这样的喜悦让我异想天开地做起了"记者梦"，心想如果有一天我也能当上记者，将是多么光荣！在我眼里，那是一种神圣的、体面的职业，记者不仅有水平，而且代表着正义。从那时起，我暗地里写日记，写感想，写随笔，勤奋耕耘，好像就要成为记者了一样。可是写新闻稿毕竟不是我的主业，后来我到乡镇工作，走上了"仕途"。

写新闻稿没有圆我的"记者梦"，但是让我走上了文学路。在乡镇工作时，工作之余，同事们三五成群地吃饭、喝酒、打牌、聊天，我则早早回到寝室，独坐灯下，与书刊为伴。那时，《达州日报》叫《通川日报》，版面虽然只是现在版面的一半，但是内容丰富，里面短而精的杂谈、故事、散文、随笔，像磁石一样深深地吸引着我。我欲罢不能，用废纸装订成剪贴本，把喜欢的文章裁剪下来粘贴在剪贴本里。几次搬家，书柜里都还保留着这些已经陈旧、皱褶的剪贴本，纸面虽已发黄，失去了光泽和韧性，但是里面的勾画与批注清晰可见，仿佛又把我拉回了挑灯夜读的岁月……

如果说写新闻稿培养了我观察和思考的能力，那么写生活类的小文章、小感想，则让我的语言变得更加优美、灵动，具有文学性。这么多年来，若要问我的收获，恐怕就是养成了读书写作的习惯。在大家都感到乡镇工作单调乏味的时候，我却沉浸在书报里，从读书写作中得到了充实、快乐与力量。夜深人静时正是读书创作的好时光，书报是我最丰盛的"营养餐"。我一边品读，一边与作者的灵魂对话。读一篇好文章真是一种享受，读过之后，就有了动笔的欲望，每每隔壁房间鼾声响起，我还在文字的海洋里遨游。

一份党报，究竟改写了多少人的人生，没有一个准确的答案。我的第一本散文集《生命在低处》出版发行后，某县作协主席在研讨会上直言不讳地评论"是从《达州日报》副刊上走出来的作家"。是的，《达州日报》打开了我文学的窗口，没有它的陪伴与滋养，就没有我几十万字的散文集。

一份报纸办得好与不好，从某种意义上说，取决于办报人的理念，或者说，取决于社长、总编辑。几年前读到副刊上刘方棠的散文《报园情韵》，让我今生难忘。文章写庭院的建筑、假山、草木，没有任何粉饰，娓娓道来，但是从那一草一木、一廊一台中，能读出感情。要不是作者对这庭院怀有深情，是无论如何也写不出那番味道的。这是达州日报社的庭院，写庭院就是写达州日报社，只有对报社充满感情的人，才能把报社的庭院描写得如此有韵味。更别说文中引用的古诗，可谓信手拈来，表现出作者深厚的文学功底。去年达州日报社召开《达州晚报》20周年征文颁奖会，我有幸结识了刘方棠先生，虽然刘老已年过七十，但依然风度翩翩，一副文人风骨。他的发言声情并茂，感人肺腑，一词一句都是浓浓的情怀。

同样是这次颁奖活动，我以获奖者的身份走进会场。我的眼神与站在会场另一头的现任社长何南观相遇。没承想，他满脸是笑，疾走过来，伸出右手。他完全可以不与我握手的，或者他就站在原位挥手示意，毕竟现场有那么多的宾客，更何况我与他也只是一面之交。我被这样的细节感动。

今年3月，我应邀参加达州日报社2021年度通联工作座谈会，我被聘请为特约记者，这对我来说虽不再是"兴奋异常"的事了，但作为一个从《达州日报》副刊上走出来的文字爱好者，我倍感荣幸。作为一个做过"记者梦"的人，虽然时过境迁，但是对记者的那份崇敬依旧。特约记者也是记者，在我的人生下半场，出乎意料地，达州日报社圆了我的"记者梦"！

达州日报社自办发行的《达州晚报》成为达州的一张名片。在当前纸质媒体走下坡路，自办发行的报纸多数处于关停的当下，两报依然保持了较大的发行量。据报道，2017年，达州日报社两报副刊的获奖作品，一等奖的数量居21个市州之首，仅次于《四川日报》和《华西都市报》。2018年，6件作品获得一等奖，居全省第三名。2019年，《达州日报》4件作品获得一等奖，位居全省第四，其中3件推评四川新闻奖，6件作品获得二等奖；《达州晚报》2件作品获得一等奖，其中1件推评四川新闻奖，3件作品获得二等奖。这样的成绩令人欣喜、赞誉。

不知不觉，《达州日报》走过了漫长的70年时光。70年风雨，70年奋斗路，岁月见证，日月留痕。这70年，《达州日报》始终把党的旗帜高高举起，在时代潮流中唱响主旋律；这70年，《达州日报》见证了达州的历史变迁和翻天覆地的变化；这70年，也是达州日报社全体人员坚守在发展、改革前沿阵地的凯歌。

南腔北调

NANQIANG BEIDIAO

中国大桥

我始终难以忘记那晚激动的情形。2018年10月23日晚，电视屏幕上，一座大桥在港珠澳伶仃洋上蜿蜒延伸，气势恢宏，像长龙般在大海上飞舞，在岛屿隧道中游弋。这哪里是什么大桥建筑，简直就是一条横空出世的东方巨龙在海平面上逶迤伸展，让人瞠目结舌、赞不绝口。我浑身就像注入了兴奋剂，热血沸腾。这是历时9年建设，全长55公里，集大桥、人工岛、隧道于一体的港珠澳大桥。

这座神奇的大桥、宏伟的大桥贯通香港、澳门、珠海。闪现在人们脑海里的不是地域距离的缩短和来往的便捷，而是祖国同胞同为中国根身心拉近的欣喜，还有这尖端技术铸就的伟大建筑给每一个炎黄子孙带来的自豪。看到通行后桥上游客脸上的笑容，像开在自己心里的花儿，妩媚灿烂，阳光自信。逢山开路，遇水架桥，历史上我们建了很多著名桥梁，但是在一望无际、宽阔无边的海上修建长达几十公里的大桥，世界上独一无二，前所未闻！

港珠澳大桥蕴含着先进的科技力量，克服了防洪、防风、海事、航空限高等各种复杂建设难题，创造了世界上很多个"第一"，如人工岛便是首创，将直径为22米，横截面积相当于一个篮球场的巨型钢圆筒直接插入并固定在海床上，再填砂形成人工岛；如把沉管隧道地基的沉降都控制在5公分以内，成为全球顶尖水平；如成功研发出成套沉管隧道浮运和安装技术，对隧道基槽开挖误差控制在0.5米以内……一个又一个"第一"，意味着史无前例，让人不敢想象，举世惊叹！

改革开放以来，中国自主创新有蓝鲸2号、蛟龙号以及人类历史上最大的射电望远镜FAST；有全球最大的海上钻井平台、"墨子号"量子通信卫星、C919大飞机；有中国自主开发并率先实现350公里时速的"复兴号"动车组；有星球上首个实验站的"天宫二号"等。这一系列重大科技成果让人叹为观止。看到这些科技成果，每一个中国人无不自豪与骄傲，无不兴奋与激动，无不欢呼与歌唱！

五千年中华文明史有过夺目璀璨，也有过落后挨打、任人宰割。鸦片战争的炮火、八国联军的火把、日本侵略者的铁蹄似乎还在眼前，而推翻封建制度之后的中国，军阀混战、生灵涂炭，这一切民不聊生、山河破败的景象仍历历在目。而今天，在中国共产党的伟大领导下，改革开放40多年后，特别是十八大以来，中国取得的成就让世界瞩目、举世震惊，包括港珠澳大桥在内的代表中国科技、中国力量的伟大建筑，从早期设想到最终建成，正是中国国力不断向上攀升的过程，是中国经济、科技、教育、装备、技术、工艺发展到一定程度的结果。正如评论员所说，港珠澳大桥在地理上连接着港澳和内地，也在精神和文化上成为三地居民的纽带，见证港澳更好地融入国家发展的历史。香港到珠海只需30分钟的车程，实现了珠海、澳门与香港的陆路对接，港珠澳大桥成为中国桥梁界的丰碑和旗帜。

改革开放以来，中国速度让中国的发展赶上了世界，成为推动世界发展最为强劲的中国力量。一个个自主创新的中国制造，一个个威武之师的飒爽英姿，一个个独一无二的中国方案、中国模式，正在引领世界，中国每个人的每寸肌肤、每个细胞、每条血脉，都充满力量、激情勃发。每每观看《改革开放四十周年》《辉煌成就》等纪录片时，内心涌出无比的自豪与自信。港澳珠大桥的建成对我心灵的震撼与撞击，犹如铿锵有力的国歌在内心激起狂澜，犹如高高飘扬的五星红旗在心间飘荡。改革开放40多年取得的辉煌成就，就如这座世界独一无二的大桥耸立成的丰碑，上面只有四个苍劲大字：中国大桥。

刊于《达州日报》2019年1月11日第8版

平凡的英雄

——观看电影《中国机长》有感

　　电影《中国机长》根据2018年5月14日四川航空3U8633航班的真实故事改编。民航飞机从重庆飞往拉萨途中，在万米高空突遇驾驶舱挡风玻璃爆裂脱落，座舱释压。这是极为罕见的事故，分分秒秒都是千钧一发、生死攸关，机长和机组人员勇敢、果敢、冷静地处置，确保了机上全体人员安全返航，创造了世界民航史上的奇迹。

　　谁都知道，飞机出事就是大事，空中的每一个意外都险象环生，每一个操作都惊心动魄，每一个意念都决定生死。电影再现了机长和机组人员训练有素、临危不惧的坚强意志，再现了中国航空、中国机长的使命担当和责任意识！电影很多地方都很感人，比如飞机失联时，包括军用航线在内的所有航线都"让航让道"；比如"四川8633，成都呼叫"的焦急呼唤；比如乘客下飞机后久久不肯离去，翘首等候机长。这些都体现了中华民族的伟大和团结，体现了祖国的强大和力量。

　　但是，打动人的，是机组人员心中装着119位乘客的责任担当。在飞机失压、缺氧、低温、仪器损坏、随时可能坠机的情况下，机长和机组人员沉着冷静、临危不乱。他们表现出的镇定和职业精神，对每一个观众都是一种思想教育和灵魂洗礼。一方面，他们要克服与生俱来的恐惧，另一方面，要安抚机舱内慌乱的乘客，给他们以信心和力量。在这生死关头，他们成了大家的主心骨，是安全返航的全部希望。

在一些人眼里，邱少云不顾生命烈火中永生是英雄，董存瑞身背炸药炸碉堡是英雄，雷锋坚持为人民做好事是英雄……英雄仿佛是常人无法达到的，不，英雄是一个人点点滴滴不平凡事迹的汇集。

《中国机长》里的每一个机组人员，如果心里没有装着119名乘客，在飞机发生意外时，无论如何不会产生"把乘客带回去"的坚定信念。镜头里，副机长半个身子挂在机外。他被拉回座位后，为了不让机长的手冻僵，不停地搓揉机长的手臂。而机长顶着寒冽的狂风，艰难地应对瞬息万变的险情，凭借多年的经验，操控飞机安全着陆。

在这一过程中，女乘务员的表现更令人惊叹，她们克服缺氧、寒冷和心里恐惧，安抚乘客情绪，维持客舱秩序。一阵剧烈颠簸之后，乘务长猛吸几口氧气，然后手握话筒，对乘客喊话的那一刻，头发被气流吹乱了，但闪烁着泪光的眼睛里全是冷静与坚毅……对机组人员来说，这是他们应该做的平凡事，但正是他们坚守职责所做的平凡事，铸就了他们的英雄称号。

把人民利益放在心上，人民就把他高高举起；把责任扛在肩上，使命就无上荣光。这样的思想来源于人一生一世对某种精神、某种信念的坚守，来源于思想和三观的锤炼与改造。县委书记焦裕禄，致力于兰考县治沙；云南省保山地委书记杨善洲，退休后扎根大亮山，带领大家义务植树造林5.6万亩，并把经营管理权无偿交给国家；四川达州纪检干部周永开，退休后自发组织三人义务护林小组，长期坚守在万源花萼山上守林护林等。他们虽然没有干惊天动地的大事，但就是这一件件平凡事，累积成闪亮的人生。

在我身边，被誉为"达州铁人"、全国五一劳动奖章获得者邓拥军，在平凡的交警岗位上，爱岗敬业，乐于助人，20多年如一日。达州退伍军人向元兵，从不炫耀曾经获得的二等功荣誉、多次与歹徒作斗争的英雄事迹，2017年夏，有人跳入州河，向元兵发现后毫不犹豫地跳入河中，用自己的身体托起他人的生命……

英雄没有豪言壮语，不平凡都孕育于平凡中。各行各业的劳动者，在平凡的岗位上埋头苦干，从无怨言，正是这繁若星辰的平凡劳动者，心中装着责任、使命和担当，绘就了祖国不平凡的伟大事业，构成了众人称道的英雄精神。

刊于《达州日报》2019年10月25日第5版

从"停车难"看城市管理

早晨7点刚过，笔者出门，碰到一个女的对男人怒吼："你要我把车开回来，看嘛，又贴条了！"男人看了看贴条，满脸委屈与气愤。从他们的言谈中得知，这是他车半个月内第三次被贴条了，地点都在楼下，时间在下班之后和上班之前，一次是下午6点47分，一次是早晨7点多。这让我想起了楼下消防道旁边停靠的一排车，为了车位，几天不敢开，怕车开走后"江山失"。

早晨或傍晚，经常看到执法人员在路上贴条，车主苦不堪言。"停车难"摆在人们面前，车停在道边，或骑在人行道上，是这个城市背街小巷的普遍状况，是车位不够的体现。譬如笔者居住的区域，即使执法人员早出晚归地贴条，也不能阻止乱停车。

确切地说，车辆乱停乱放，不仅影响了来往的车辆和行人，影响了市容市貌，而且有时会占用拯救生命的消防通道，理应严格治理，执法部门毫无疑问是正确的。但是从车主的角度看，没有车位，叫人家的车停在哪里？一次晨练，笔者看到执法人员在对路旁和人行道上的车拍照、开单、贴条，便凑上去问："没有停车位，你叫人家往哪里停？"他们面无表情，说："不关我的事。"似乎让人感到了这座城市的生硬。

"停车难"成了十分突出的问题，一方面不着手解决停车难问题，另一方面却早晚都在贴条、扣分、罚款，车主有苦难言。笔者看到的，不是这座城市严管的决心，而是其背后的冷漠。

　　"停车难"让越来越多的车违章。城市最初没有规划和建设地下停车场，地面的车位远远不能满足需求，住户的车，像蚂蚁一样见缝插针，把单、双车道挤得很狭窄，过往车辆和行人只能避让通行，不仅群众不满意，而且车主也很无奈。产生这种乱象的根本原因是没有停车位，而不完全是车主的素质不高。

　　解决"停车难"是城市最大的民生，也考量着政府和部门的城市管理水平。一方面，群众对乱停乱放怨声载道，另一方面，车主对"停车难"也抱怨不断。这是两个看似相关但不同概念的问题。乱停乱放让大多数群众不满意，"停车难"让车主不满意。不能因为让大多数群众满意而侵害少部分人的利益。看似是少部分的车主，实际上牵涉千家万户，也是大多数。谁都明白大禹治水、疏堵结合的道理，这种"硬压一头"的做法，表面上看，是一时制止了乱停乱放，但即使打"持久战"，之后还是会反弹。两个问题都要解决，不能顾此失彼，而且解决"停车难"才是管理者首先要考虑的问题。这种顾了这头、失了那头的管理，不仅不能收到良好效果，而且给人"创收"的印象，同样影响了这座城市的形象。

　　城市管理既要粗放，又要精细。譬如，城市有车辆3万辆，而车位只2.9万个，就不能说车位基本满足停车需求，因为还有车位分布不均的问题。显然这就要精细化管理，精细到一街一巷，精细到楼栋小区。

　　似乎有一个规律，硬件越好的城市，服务也越好。笔者在大城市常看到执法人员亲和、有礼貌。相反在一些小城市，从行礼的敷衍塞责就可以看出其骨子里的高高在上，从言词生硬就可看出其思想深处的霸道。有人说，重庆对外地车就很宽容，以纠错为主，而不像某些城市，对外来的车，严得不得了，有一点违章就揪住不放，等等。这些都反映出这个城市执法者的心态，反映出这个城市的包容和开放程度。

规划前瞻性不足，人口密度大，发展速度快，导致"停车难"，解决"停车难"需要政府和部门深入研究、精准施策。譬如在老城区、人口密集区，建设立体车库，为车"安家"；在公共区域或单位门口，不仅要增加临时停车点，而且要实行30分钟内免费等。措施要具体到每一条街、每一条路、每一个巷子、每一楼栋。城市是经济、社会发展和人民生产、生活的依托，是现代文明的标志。城市管理是一个大课题，各个领域诸多细节都需要深入研究，人民群众才有更多幸福感、获得感。

刊于《达州日报》2019年6月21日第5版

"管""放"平衡 松绑地摊经济

第十三届全国人大三次会议答记者问时，李克强总理的地摊经济发言引爆了全民热度，得到了广大群众和媒体的支持。这是疫情之后，经济形势严峻，采取温暖举措，为低收入家庭谋一条路。

这让我想起了改革开放之初悄然兴起的地摊。那个时候，头脑灵活、走在前列的人，在城市巷子、车站码头摆起了流动摊，在乡镇之间"赶转转场"，往地面上一铺，或在街沿撑起一个帐篷，就做起了生意，既节约成本，又方便群众。毫无疑问，在当时，这促进了社会发展，搞活了经济。

有的人喜欢钻空子，一提到地摊经济，好像可以随心所欲、见缝插针地摆地摊，流动摊、随地一铺的地摊可以任其蔓延。据报道，6月2日，辽宁大连一夜市开放后，商贩自发摆摊，造成交通拥堵，卫生一片狼藉。我居住的城市，各职能部门狠抓"四城同创"工作，特别是城管人员，起早贪黑坚守在岗位上，连续奋战数月，街面干净了，视野清爽了，路道通畅了，但是，人行道上兴起了棋牌桌，每一处都围观数十人，不仅有碍观瞻，而且堵塞交通。这些玩牌的人振振有词："中央都允许摆地摊了，还不让在街上要？"有的店门前，好不容易整理规范有序了，一听可以摆地摊，撑杆搭篷、骑门摊现象又死灰复燃……

这些年来，城乡得到长足发展，生活环境也有了很大改善，人民群众的消费水平相对于改革初期上了一个新的台阶，商店、超市开到乡镇、村里、小区，门市、店铺代替走摊和地摊。物产丰富，物流发达，在实体商店、网店，没有买不到的生活用品。在这样的情形下，不可能像过去那样，通过摆地摊来搞活经济。放开地摊，是一种政策导向，是解决贫困家庭没有收入的权宜之计。

地摊经济是心系民众的举措，是不拘一格、千方百计增加老百姓的收入。城市管理是一门科学，多年的经验积累和持之以恒地管理，才有了今天这个井然有序的城市面貌，不能因为一时性起的摆地摊而让城市管理回到起点。政府要做的，就是对这些马路摊位加强引导、管理，做到规范、有序。中央文明办已表示，在今年全国文明城市测评指标中，不将占道经营、马路市场、流动商贩列入文明城市测评考核内容。今年3月，《成都市城市管理五允许一坚持统筹疫情防控助力经济发展措施》出台，允许在一定区域设置临时占道摊点、摊区和夜市，允许临街店铺越门经营，允许流动商贩在一定区域内经营。据悉，大连市政府正计划开展"商业外展外摆"活动，由政府划定区域统一管理。川东气都达州，有关职能部门一改过去撵、禁的做法，把地摊、小摊，用框架和彩线固定在街面楼幢之间的空闲处，既不远离人流影响生意，又不破坏秩序影响市容，城市社区正在规划地摊区域……

地摊经济不应神化和泛化，这是非常时期的非常之举，大可不必一窝蜂地复制，要顺其自然、无为而治，有序规范就好，在"抓"和"放"之间寻找平衡点。

刊于《达州日报》2020年6月19日第5版

教育圣地不容污染

　　近日，山东冠县农家女陈春秀被顶替上大学的事件引起广大关注。2018年至2019年，山东高等学历清查，14所高校242人涉嫌冒名顶替入学，冒名顶替者获得学历时间为2002年至2009年。就在人们为神圣的教育殿堂出现这种丑闻而气愤时，我担心这样的现象不只是冰山一角，其他省份还有没有？

　　一石激起千层浪，1个……242个……考生被冒名顶替，12年寒窗苦读，等不来一纸录取通知书，档案被别人一改，所有的努力付之东流，而自己竟然不知道。学生都希望通过勤奋努力，考上好的大学，获得更好的人生。

　　据山东理工大学透露，2004年，仅他们学校的冒名顶替者，除了陈春秀之外，还有3人。每一个学生都有自己的个人档案，被顶替读大学，事前要完成一系列的信息修改，陈春秀事件涉及所在中学、所在乡镇、所在县的招生办，甚至与修改信息无关的邮局，从冒领录取通知书，到伪造档案、户籍造假，一路过关斩将，畅通无阻，令人发指！这极大地伤害了社会平等，颠覆了人们的世界观、人生观、价值观。

　　假的真不了，10多年后，因为偶然事情而致事情曝光，山东有部门说是手写版与电脑录入"转型"时出现的失误。是不是这样的原因，姑且不论，这些涉及别人个人前途的大事，一句简单的工作失误就可以搪塞吗?

教育是一块不容污染的圣土,中国几千年的封建王朝,对夹带考题、徇私舞弊、弄虚作假不能容忍,施以极刑,更何况社会发展到今天。我查了一下时间,我写《高考舞弊是孩子的反面教材》正是2009年,那时,高考作弊成风,一些家长、教师、考官沆瀣一气,形成利用高科技手段作案的产业链。一些地方为了追求升学率,对作弊行为睁一只眼闭一只眼,因而屡禁不止,污浊的空气在教育这块土地上空蔓延,令人痛心疾首。幸哉,政府认识到其中的严重危害,态度坚决,重现高考清朗天空。

山东省教育厅2020年7月19日通过官方微博发布消息称,对冒名顶替入学零容忍、严查处,处理了与冒名顶替上学事件有关的46人。这或许可以抚慰民众的心,但是无法抚平受害者的创伤。山东省冒名顶替者如此之多,可想而知,产业链是多么的发达,这242名冒名顶替者又将牵扯出多少有关人员?

笔者不相信山东以外的地方全为"净土",不妨开展一次全国高校顶替事件普查,让我们看看到底有多少人的人生因为这种幕后操作而改变,看看这背后有多少昧着良心的得利者。这些人必定会受到严惩,不严惩不以平民愤,每个人都要为自己的错误承担责任。

刊于《达州日报》2020年7月24日第5版

对《平安经》的思考

　　近日，吉林省公安厅党委副书记、常务副厅长贺电出尽了风头，《平安经》把他推到舆论的风口浪尖，备受关注。7月27日晚，有网友在微博晒出照片，为一本名为《平安经》的封面以及内页。一石激起千层浪，7月28日，吉林省公安厅表示《平安经》系贺电业余时间的个人行为。值得注意的是，之前吉林省应急管理厅微信公号在4月9日曾转发该书的出版信息，并称赞"值得一读"。

　　令人瞠目结舌的是，一本毫无思想价值、文学价值、专业水平的书，被研讨会称为"平安颂歌"，被一些"专家""学者"声情诵读，被一些"粉丝"大肆吹捧，真是滑天下之大稽。笔者突然想到了《皇帝的新装》，是的，贺电上演了一场现实版的皇帝的新装！跟着贺电一起在大街上示众的，还有"助力平安中国、平安吉林建设暨《平安经》公益诵读活动"的组织者，吉林省朗诵艺术协会邀请的该省十余位知名专家、学者、诗人，许多发表激情感言、撰写读后感的吹捧者……

　　"西安火车站北站平安、郑州火车站东站平安、上海虹桥火车站平安……""初生平安、满月平安、百天平安、1岁平安、2岁平安……"这枯燥无味的组词，仿若小和尚念经。一个副厅级

时光
留痕

领导干部，怎么信奉念经保平安，其政治性、党性哪里去了？这就是被当地权威媒体报道的"以'经'为载体，以歌诀、歌文形式撰写的作品"？

社会之大，无奇不有。出现这样的奇葩现象，或许贺电是一个想著书立说想疯了的疯子，是一个脑壳被门板挤扁了的傻子，但是，一本书的出版，是要经过许多关卡审查的，不仅要对作品内容的思想把关，而且对语句不通顺、错别字都要纠正，这样一本没有任何意义的书，怎么就畅通无阻地出版了？还冠以人民出版社联合出版。后来，人民出版社申明与己无关，群众出版社坐不住了，方才出来致歉，让人哑然。

一时间，网络上、同事间、身边文学爱好者都模仿《平安经》："黄土路平安、包小拙平安、偲偲平安、刘景爱平安……""101室平安、102室平安、103室平安、104室平安……"八一建军节时，有人写道："现役的快乐、退役的快乐、列兵快乐、上等兵快乐……"个个在创作，人人待出书。就在身边朋友热议《平安经》时，我依然难以相信，怀疑是哪个环节，譬如印刷厂把版弄错了、电脑出现病毒了等，甚至心存幻想，事情会发生反转，因为毕竟作者是一个法学博士、教授，还有许多光环，但是，事实就是这样，以"平安"二字造句的26万字、定价299元的书出版了。

没想到皇帝的新装今天重演了，而且有那么多"吹捧者"，简直是荒唐之极的大笑话。白夜行人在《时评文萃》发表文章，痛批《平安经》的出版是时代之耻，是出版界之耻，是学界之耻，是权力之耻。

7月29日，吉林省委决定，由省委政法委、省纪委监委、省委宣传部等部门组成联合调查组。7月31日，吉林省委决定，免去贺电同志公安厅党委副书记、常务副厅长职务。但是，有关这部奇书、神书、愚弄社会的诸多思考没有终结！

一件坏事件对一个地方的影响是深远的、恶劣的。朗朗乾坤，岂容愚弄百姓和欺世盗名者？笔者以为，除了追究作者本人、出版社相关责任人外，还要追究研讨会活动组织者、吹捧《平安经》有"丰富精神内涵"、是"跨国传世的经类大作力作"人的责任，看看他们是如何"宣传中华文化，传播社会正能量"的。

刊于《达州日报》2020年8月7日第5版

《梦回巴国》是巴山大峡谷的魂

　　10月下旬，在历时三天的"川派评论：理论与实践系列学术研讨会"活动中，我参加了文艺评论助推文旅融合发展暨《梦回巴国》作品研讨会。

　　《梦回巴国》是宣汉县文旅融合发展的精品舞台剧，被宣汉人誉为情景史诗剧，是宣汉巴山大峡谷旅游产业的重要组成部分。该舞台剧由著名导演哈文团队精心打造，在演出形式上，运用了各种高科技的技术，堪称一流，可以与国家级演艺中心的演出效果媲美，是极具巴文化代表性的艺术作品。作品通过一个中学生对巴山大峡谷的好奇，以穿越形式，讲述巴人从东向西流亡、迁徙，最后定居在巴山大峡谷一带，建家、立国、护国的过程，反映了巴人的勤劳、勇敢的品质和过上幸福生活的愿望。

　　该剧气势宏大，给人视觉和听觉的震撼。来自省内的各评论艺术家和巴文化专家，从作品的文学性、艺术性、民俗文化及乡村经济等方面进行广泛探讨，总体上给予《梦回巴国》高度赞誉。评论者们各抒己见，发言精彩而有见地。譬如，有人提出，巴人舞有了，但没有一首让观众看完就能记能吼的歌词；有人提出，缺少贯穿始终的巴文化主旋律；有人提出，剧情要处理历史与文化的关系，视觉与听觉的关系，舞台叙事与舞台效果的关系；还有人提出，巴文化是对新石器文化的否定；等等。虽然观点各异，但这无疑是对宣汉文旅融合发展的贡献。

笔者有三点己见，在此也简略谈谈：作品讲巴人来源，颂扬巴人精神，植入巴文化，那么，巴人精神是什么精神？巴人精神是不惧艰难建家立业的顽强精神，是保家卫国视死如归的牺牲精神。第一，巴人披荆斩棘到巴山大峡谷落地生根，后建立自己的政权，在那个时代，巴王不仅要靠智慧，更要靠力量，作品对这种智慧与力量的体现不够。第二，歌舞是巴人文化的载体，一边耕作一边歌舞是巴人的生活，而剧情中缺少欢快的、甜美的歌曲。第三，巴军全体阵亡，但剧情不应该戛然而止，应在结尾设置一个伏笔，譬如，硝烟弥漫的战场背后，踉跄走出一个怀抱婴儿的巴人妇女……然后款款谢幕，给观众留下巴文化血脉未断的遐想空间。

总的来说，从文旅融合方面来看，《梦回巴国》是成功的。这是宣汉县旅游产业发展文旅融合的大手笔，无论从巴文化的造势与高地打造，还是对巴山大峡谷旅游资源的丰富、发展，都影响深远且意义重大。

《梦回巴国》是巴山大峡谷旅游产业不可分割的重要部分。文化是一个民族的根，也是旅游景区发展的依托。巴山大峡谷以瀑高、峰险、山奇、石怪、水清、洞幽、禽珍、兽异，构成一条世界上罕见的山水画廊，是大自然鬼斧神工、巧夺天工的杰作。这样的风景虽然优美，但真正让游客驻留、铭记的，是这个地区的文化。《梦回巴国》正是这个地区文化的完美展现。四川的山水风貌大体相同，从这个意义上说，游览过巴山大峡谷的人，或许记不住巴山大峡谷的峰、瀑、石、水，但只要看过《梦回巴国》，一定记得住宣汉，记得住巴山大峡谷。

最后讲一个要坚持下去的细节。剧终谢幕时，近百名演员陆续上台与观众道别。这个细节不仅感动了我，而且感动了所有的评论艺术家，感动了当晚台下所有的观众。

读书评论

DUSHU PINGLUN

亲情无边

——《回家的路有多远》评析

亲情是永远写不完的话题，我读完梁红（笔名红叶摇秋风）的《回家的路有多远》，深深地为作者父母的温馨幸福而感动，除此之外，作者父母正直、坚强、善良的优秀品质与慈爱情怀也让我肃然起敬。

《回家的路有多远》，标题就让人感觉揪心、沉重、无奈。是回家的路遥远吗？在交通高速发展的今天，又能有多远的距离呢？但是为什么难以回到父母身旁？只有过年时才想起父母门前那条路？是作者扪心自问，还是带着无奈向人诉说？不！是这个步履匆匆的社会让人迷失了亲情！人们不顾一切地为生计而奔波，忽略了最应该呵护的最重要的纽带——对父母养育之恩的回报，模糊了老家山梁那张向归途张望的迷茫的脸，忘记了身躯曾经像大山一样伟岸，如今却佝偻着腰蹒跚着腿。

毋庸置疑，文章最大特点是情感真挚，描写细腻。作者突然回家，让父母措手不及、惊喜交加，寥寥数语便把父母的惊喜、慌乱、激动写得惟妙惟肖。父亲"猛一惊"，手中的烟"落在了地上"，连说"你怎么回来了"？父亲"攥着"我的手，眼里有一种"亮光"，父亲想女儿了，却说"你妈说她想你了，这几天一直让我给你打电话"，然后急切地说："你累了，先坐客厅歇会儿，你妈就出来了。"随后，父亲叫母亲快出来。父亲边给"我"倒水，边问"我"身体怎样，工作怎样，孩子怎样，晨怎样……这表情描写、动作描写、语言描写，把父亲的爱和对子女的牵挂写得淋漓尽致，感人肺腑。

"父亲推着自行车回来了，我问了声：'爸，你干啥去了？'父亲没有说话，从自行车上取下几个塑料袋笑呵呵地走进客厅，是鲜的樱桃、西瓜、草莓、菠萝。"不用任何语言表达，父亲骑自行车为女儿买水果的情节，已让女儿哽咽。父亲的脸上幸福而快乐，把切好的西瓜放在茶几上，父母同时拿起一块西瓜递给了"我"，父母眼里满是疼爱。在这生动的细节中，没有一点夸张和修饰，自然真实。"我"像个听话的调皮的孩子，一手接一块，左边咬一口，右边咬一口。父亲眯着眼睛问："甜吗？"母亲微笑着问："甜吗？"我做了鬼脸说："不甜！"父亲尝了一口，笑了，母亲尝了一口，也笑了……这简单而又重复的一问一答，多么生动、温馨啊！

散文不像小说故事那样设悬念吸引读者，但这篇散文却有一个真实的"悬念"。

一家人正沉浸在幸福里，一股焦味突然袭来，母亲惊慌失色地跑进卧室，父亲也跟着跑了进去。"快端盆水！"母亲喊着，我和父亲不假思索听从命令，手忙脚乱地端来水向冒烟起火的床上浇去。母亲站在床头吓得发抖，喃喃自语："唉，差点闯大祸了……"

这段文字好像与亲情毫不相干，但是，毛巾被为什么能起火？作者满脸诧异，再三追问父亲，才知母亲去年被撞伤后右腿一直疼痛。母亲不知从哪里讨得一个偏方——艾灸，今天她点燃艾草正在温灸时，女儿突然回家了，母亲急忙取下温罐灭了艾火，没想到火没灭彻底……读罢母亲为了不让孩子知道实情，为了不让女儿担心，偷偷摸摸拔罐灭火的这个情节，谁不为之动容！作者的心痛甚于母亲的腿痛。就在女儿安排母亲就医时，母亲坚持说"没事"，然后还把右腿使劲抬起来，说："已经不痛了。"但一个趔趄差点摔倒了……这是一个多么心酸的情节！这场意外的火情背后，是世界上最博大的最无私的父母之爱。父母总是不想打扰孩子们的生活，总是不想给子女添麻烦，凡是父母能够承担的，都不会向孩子诉说，这便是中国父母的高尚。

　　"明天早上给娃做啥饭？"父亲问。

　　"带娃去吃羊肉泡。"母亲答。

　　"娃在省城，啥羊肉泡没吃过。"父亲反驳。

　　"娃最爱吃荠菜包子，槐花稀饭，槐花疙瘩，现在这两样都没了。"母亲说。

　　……

创作来源于生活，来源于观察，来源于细节。作者半夜醒来，无意间听到父母的谈话。想到父母一生为自己、为自己孩子的操心，无论如何不能安然入眠，心中涌起无法形容的羞愧和内疚。

一遍遍回味着父母的话，怎么也睡不着。一年很少回家，没车时常借口坐车不方便，有车后周末却去了附近的地方游玩，回家的路也只有过年时才能想起。母亲常常以荠菜、槐花、香椿的名义叫我回家，我嘴里答应着，却迟迟没有踏上回家的路。时间久了，母亲就把时令野菜做成包子、做成菜疙瘩，让父亲坐火车或长途汽车送给我……

可怜天下父母心，可恨天下孩子情，父母与子女之间的路，就这样在很多无奈中和各种理由的搪塞中拉长。

少来夫妻老来伴，人到老时相濡以沫，在孩子眼里总是那样美好、温暖，那样欣慰、动容。"远处父亲和母亲并排走着，母亲手里拿着一个铁铲，父亲手里拎着一个大包"，老夫老妻的幸福莫不如此罢。

母亲推开了房门走出来，一缕夕阳从客厅窗户斜照在母亲的一缕白发上，像刀光，刺得我眼睛酸酸的。我叫了一声妈，走上前抱了母亲一下。母亲说："你爸说他想你了，这几天一直让我给你打电话。"母亲踮着脚尖用手抚摸着我的脸说怎么又瘦了？然后又使劲踮了踮脚尖，摸了摸我的头顶。从我记忆起，母亲给我最多的动作就是伸手摸我的头顶，由蹲着摸到弯着腰摸，再后来是站着摸，现在要费劲踮起脚尖了。

母亲想念女儿，仔细端看女儿的情景跃然纸上。读着这些感人的文字，眼已模糊。

文章贵在真实、自然，这篇文章之所以如此吸引人，打动人，在于作者准确地写出了两代人的真挚情感，没有任何的伪造和修饰。大爱无垠，亲情无边，还有什么样的爱有如此无私无悔、纯洁无瑕？作者离家告别，因为到火车站的路程不远，自然谢绝父母相送，叫了辆出租车赶往车站，没有想到的是，"我"站在检票进站的队伍中缓缓移动着，回头，发现候车室外的大玻璃上贴着两张脸，目光四处搜寻着。故事此时发展到高潮，那两张脸，那四处搜寻的目光，让作者和读者的眼泪止不住地流，衣襟打湿……孩子啊，你永远是父母心头的肉，父母永远盼着相聚。

《回家的路有多远》这篇文章还让我们看到了一个伟大的、善良的、大爱的父亲。父母退休工资7000多，足够他们花了，可他们就是舍不得花，省吃俭用，就连用电用水都很节俭，洗菜水留着浇花，洗衣水留着洗拖把，家里的物件用了20多年了，被父亲修了多次。去年父亲和母亲去深圳，作者和弟弟趁机把旧家具全部换新，本想给父母一个惊喜，没想到气得父亲一周不和弟弟说话。父亲是一个退休人员，其艰苦朴素、勤俭持家的形象跃然纸上，但是父亲对我和赡养的一位老人却是那样的大方。父亲长期默默赡养老人的事，作者是从报纸上知道的。我读到这段，"伟大"二字从脑海里蹦出。

刊于《达州日报》2018年8月17日第7版

散文的鲜活感

——读朱自清的《阿河》，谈散文的心理描写

大多数人对朱自清的文章，印象最深刻的莫过于《背影》。父亲去买橘子，穿着黑色长马褂，深青色棉袍，蹒跚地走在铁道边，穿过铁道，用手攀着上面，两脚再向上缩，艰难地爬上月台。这段动作描写把父亲买橘子的过程栩栩如生地描写出来，作者没有写一个"爱"字，但父亲的爱却是那样深刻地留在读者的脑海里。

近日我读朱自清1926年1月写的《阿河》，感触最深的是文章中的心理描写让散文有一种鲜活感。那段很细腻的心理描写，把"我"对阿河萌生的好感和爱恋刻画得淋漓尽致，就像一场正在上演的戏剧，透着一种艺术的感染力。

阿河是"我"亲戚家的佣人。大学假期住在北京亲戚家的"我"，对这个新来的乡下女佣人是不在意的，"她的头发乱蓬蓬的，像冬天的枯草一样"。因为有主人家的小姐们教导，所以她的"头发光得多了"。住了些日子，"这时阿河如换了一个人。她穿着宝蓝色挑着小花儿的布棉袄裤；脚下是嫩蓝色毛绳鞋，鞋口还缀着两个半蓝半白的小绒球儿……真有些楚楚可怜了"。这些肖像描写，既写出了阿河很聪慧，很快适应新生活，

又写出了"我"由不在意到在意、想看的心理变化。

阿河灵气、漂亮，"一张小小的圆脸，如正开的桃李花；脸上并没有笑，却隐隐地含着春日的光辉，像花房里充满了蜜一般"。这同样是为后面喜欢看她作铺垫，"我现在是常站在窗前看她了。……我觉得我们相识已太长久，极愿和她说一句话——极平淡的话，一句也好"。文章中的"我"，20岁左右，正是懵懂的年龄，对异性有着神秘与向往，内心羞怯，但不影响"我"内心对阿河产生那种萌动和朦胧的情感。虽然作者没有一个地方用"想念"这个词，但"我怎好平白地和她攀谈呢？这样郁郁了一个礼拜"。已经胜过爱的表白。作者这里的心理描写，把"我"内心初涉爱情的那种忐忑、美好感觉写得很精彩。

朱自清最善于用很简单的朴实的语言，刻画人物内心。在他的散文中很少见华丽的辞藻，更不见堆砌的成语。看似随意的朴实的文字，看似自自然然，在他的笔下却是那样生动、形象，闪着灵动的光，使文字熠熠生辉，使文章鲜活真实。"……元宵节的前一天晚上……觉得有些无聊，便信步走到那书房里……阿河……出乎意料地走近了我。她站在我面前了，静静地微笑着说：'白先生，你知道铅笔刨在哪里？'……我不由自主地立起来，匆忙地应道，'在这里；'"作者把"我"慌张、急促的内心刻画得形象具体。"我用手指着南边柱子，但我立刻觉得这是不够的。"

文章中，"我"想亲近阿河、想讨好阿河的心理被刻画得惟妙惟肖，失态、慌张、慌乱。"我领她走进柱子。这时我像闪电似地踌躇了一下，便说，'我……我……'她一声不响地已将一支铅笔交给我。……她接了笔略看一看，仍仰着脸向我。我窘极了。""我"说话打结，心里像有只小兔子一样七上八下的窘迫情景跃然纸上。

在窘迫中，我"到底硬着头皮搭讪着说，'就这样刨好了。'我赶紧向门外一瞥，就走回原处看报去"。这些都是在掩饰那颗慌张的心。作者后面又是连续的行动描写，如"头刚低下，我的眼已抬起来了"，"站起来走了一会……一直想着些什么，但什么也没有想出"。这样的细节刻画，把一个怀春青年的萌动描写得细腻生动。读到这里，比看电影、小品还鲜活。

"第二天早上看见她往厨房里走……她的影子真好看。她那几步路走得又敏捷，又匀称，又苗条……"接着是肖像描写："她的腰真太软了……真是软到使我如吃苏州的牛皮糖一样。"阿河的美，已经进入"我"的内心，美到"我"的日记里了。"她有一套和云霞比美，水月争灵的曲线，织成大大的一张迷惑的网！""她的皮肤，嫩得可以掐出水来……我很想去掐她一下呀！""她的眼像一双小燕子，老是在滟滟的春水上打着圈儿。她的笑……像一朵花漂浮在我的脑海里……她微笑的时候，便是盛开的时候了；花房里充满了蜜，真如要流出来的样子……"读到这里，哪一个读者心里能不荡漾呢？这个阿河如出水的芙蓉，水灵灵的，让人想入非非。

一篇好的散文，描写是必不可少的，在《阿河》这篇文章中，写"我"对阿河的朦胧情感真实准确，其中也有行为描写、外貌描写，有时交叉运用，都是为了表现主题。而这篇散文，我认为最突出的是心理描写，真实地描绘出"我"青涩与羞怯的爱慕之心，犹如形神统一的艺术作品。文章结尾很残酷，封建社会的束缚，人生活在特定环境中，在命运面前，人都是不堪一击的。阿河虽然摆脱了跟赌徒结婚的不幸，但嫁给了能拿得出80大洋赎金的人。"我"与阿河就这样无缘地错过了。

妙手丹青画"牛耕"

——读《耕田，开垦丰美的家园》

中国是一个农业大国，很多人祖祖辈辈在农村耕作生活，血脉里流淌着根深蒂固的农耕文化。随着改革开放，越来越多的农村人离开了乡村土地，或者离土不离乡，从事非农产业，改变了"脸朝黄土背朝天"的命运，从而也摆脱了在农村土地上耕作的艰辛。农村传统劳作，已经不常见。与此同时，这些年科技越来越发达，先进的机器进入农村替代了传统耕作，如稻谷收割机替代了拌桶，小麦脱粒机替代了人工打麦，耕田机替代了牛，与之一起淘汰的还有相匹配的生产工具，如拌桶、挡遮、打谷板……

几千年的农耕生产，一下子被先进的机械替代，很多农业生产工具也会在不久的将来退出历史舞台而进入博物馆或写入教科书。这些工具养育了中华大地上一代又一代人，除了给我们留下积淀很深的农耕文化以外，还给依靠这些传统耕作方式生存的人，留下很多难忘的怀念。

就在这些生产效率低下、技术落后的农耕方式慢慢淘汰、逐渐消失的时候，就在农村向规模化经营，传统耕作向现代农业转变的时候，《耕田，开垦丰美的家园》为我们写下了有关耕牛耕田的文章。耕牛耕田，在平坝地区或浅丘地带已经很少见了，以致成了许多人心中的一种记忆。初春时，作者看到了一位老者在田间扶着犁梢，握着缰绳，吆喝着拉犁杖的老牛耕田的情景，触景生情地想起了爷爷、父亲赶牛耕田，想起了自己当年看到他们耕田时的感受，进而写下这篇乡土气息浓郁，语言朴实、亲切的精美散文。无论是现在，还是农田不再是牛耕的未来，这篇文章不仅有一种文字的美，而且记录了耕作的历史文化。这篇文章观察仔细，描写细腻，语言优美，有思想内涵，语言感染力强，读来乡土气息扑面。

作者笔墨珍贵，简洁干练，该省则省，从不多一个字。如文章第一段，开门见山地引入耕田主题，仅20多字，便让我们身临其境："那个初春，在那个乡间路上看到路旁老者耕田……"而该详细描写的地方，又从不吝啬笔墨，如在写牛这个动物时，作者写了110个字："牛，是农家宝，耕田耙地少不了，其实，一头犍牛心里也知道自己的责任与担当，只要它稳稳当当地往田间一站，迈开方方正正的步伐，对着天地哞的一声长鸣，许下向土地觐献一生忠诚的诺言，那黑黑的泥土就升腾起鲜活的地气，衍生出丰盈的庄稼。"读来并不觉得啰唆，反而读出了哲理，读出了感情，读出了人对牛品质的赞扬。

文章能不能引人入胜，语言表达十分重要。这篇泥土气息浓郁的乡土文章，语言生动、丰富、形象。"站着的老牛扭头眨了眨深邃的目光，朝着我送来一道秋波，那如烟囱似的两个大鼻孔里，喷出炊烟般的两道热气，系着缰绳的黑鼻子上，冒出了点点汗珠。"把牛耕田累得出汗、喘粗气的情形写得很有艺术感染力。"那一块有弧度的铸铁……能将耕起的土壤一垄一垄翻起身来，并整整齐齐地倒向了另一边，经过与泥土千次万次的接触，使那一张锈迹斑斑的犁铧被打磨得铮亮铮亮的。"仿佛眼前有发亮的犁铧在翻飞、闪光。

修辞手法的叠加和反复运用，增强了这篇文章的艺术感，犹如秋天的枫林色彩斑斓、绚丽多姿。把一个在人们眼里很普通的事，描写得诗情画意，读来令人赏心悦目。"那俯首躬耕的老牛，犄角间不停地煽动着一双灵敏的耳朵，时刻聆听着主人那熟悉的指令声。看得出，岁月的侵蚀使它变得皮粗毛稀了，但它那双高耸厚实的肩胛上架着轭头，依旧是那么有力，那双眼睛依然放着光芒，目视前方，步履稳健，负重前行，那犁铧耕翻的一道道笔直的泥花，仿佛是大海里卷起的层层波浪。"像这样用比喻的句子很多，作者想象丰富，比喻贴切，文章文采斐然，如果作者没有深厚的写作功底，没有细致的观察和感受，无论如何是写不出这样灵动鲜活的文字的。

牛犊第一次练习耕田时，作者以拟人的手法，这样写牛的心情："……自己肩胛上为什么架着一个牛轭头？起初，它不甘心低着头，于是它高高地抬起前蹄扬起脖子，甩掉使它感到肩胛疼痛的轭头，尥蹶子就可是想跑，怎奈却挣脱不了爷爷手中缰绳的约束。不过牛就是牛，温顺是本性，只是刚开始不适应而已。"这样的心理描写，把牛的不甘心写得栩栩如生，如果作者没有敏锐的观察力，就写不出这么细腻的内心世界。

在农村干过活的人都认识犁杖，作者在写犁杖时也比喻得当："一张犁杖，像是广袤田野上的一条航行的船。前面一根弯曲，如大象鼻子的长轴，中间井子木框下安装了一张犁铧，后面是一根手扶的犁梢，长长的如恐龙的尾巴，牛轭头上系着两根有大拇指粗细的棕绳，链接在长轴前面的一根横木上。""套在犁杖下面的那块三角形犁铧头，尖尖的状如飞镖，安装在犁铧头上面那一块有弧度的铸铁，形如一轮弯弯的月亮。"一篇好的散文，修辞手法往往不是单一的，而是比喻、拟人、夸张等连用，让语言更加富有张力，更加灵动。

　　散文不是只为写景而写景，写事而写事，而是要寓情于景，寓情于事，寓理于情，借物抒情，在景中、在情中表达自己的思想，同时提升作品的高度与深度。好的散文流露的是真实的情感，只有真实的情感最打动人，最抵读者心扉，精练、精美、精致的语言，在文中或闪光或富有哲理，让人掩卷而思，让人心灵产生共鸣。"一头无忧无虑的牛犊，野性十足地在田野上地奔跑着，当一根像奶奶的线垂子般的榆木锥子，穿入鼻孔的那一刻，就定了一生埋头苦干的乾坤，当一副人字形的轭头架在嫩嫩的肩胛时，从此就肩负起了农家日子的重任。""春夏秋冬，风里来雨里去，一遍又一遍地耕耘着乡间这片热土，一次又一次收获着沉甸甸地粮食，收获着一家人满满的幸福。"作者行文至此，要表达的思想已和盘托出，文章主题得到了升华，让读者的灵魂随着作品主题的升华而升华。

　　无疑，《耕田，开垦丰美的家园》这篇只有2800多个字的短文，既是一篇反映农耕文化的优美散文，又是一幅妙手丹青画"牛耕"的佳作。

刊于《达州日报》2018年6月29日第6版"文艺评论"栏目

附录

《生命在低处》的行走与细语

冯晓澜

当下的散文写作，看似热闹非凡、繁花似锦，实则集中于亲情中和游记上，既越走越窄，又难于写出新意。特别是副刊散文，囿于版面，1000到2000字的散文，基本上属于枝干型的叙述或苍白的抒情。这或许是我以偏概全的偏见，因此，对副刊散文也就大而化之地浏览一下，看看标题和作者名字，掌握一下动态，仅此而已。

没想到的是，我的偏见，因言农新出的散文集《生命在低处》而有所改变。

这几年，言农在副刊的出镜率比较高。在我的记忆中，我与他只有去年春天达川南岳采风的一面之缘。因他是那次采风的"地主"，且活动安排紧凑，我们没有机会私下交流。这一面之缘比走马观花还潦草，但正好可保证读他文集的客观性。

《生命在低处》这个书名，我极其喜欢。它是对人类这个大词与土地位处低下，大与小相观照之命名，具有无言的张力，引发我们产生共鸣与想象，也预示了作者低调谦卑和虔诚敬畏的写作姿态。这书名，源于他朋友的一首诗，无疑契合自己的心性，并能妥帖地涵盖他的人生观与写作观，他才乐此一用。从某种意义上说，一本书之命名，不仅是给全书定一个基调，而且也给我们提供了解读文集的钥匙。

全书分为5个版块，或者说5个乐章，共同合奏出作者在他钟情的土地上，自信行走与深情细语的生命交响。

"润物细语"，由游记、纪念5·12灾区与抒发个人性灵的内心絮语构成。这部分的文章，写得诗情画意、神采飞扬。作者并不仅仅是带着朋友摄影的观光客，更是一个自豪于曾主政于一地、回访并重温与土地深情相拥的人。因其心和情，他的文章才能由小我而接通时代脉搏。他同时没有忘记对环保、人文素养与经济亟须同步发展的忧思与关切。他虽是一个有问题意识的写作者，但也不乏幽默讽趣的一面。在《九寨行》之"导游真"一节中，他写了对导游由不信任到信任的转变，两次衬衣掉纽扣，年轻女导游不厌其烦地找来针线为其缝上，从而有了跨越代沟的调侃，既缓解了旅途的烦闷，又反映出导游工作的艰辛和不易。这篇文章全文达5000多字，由此，也改变了我对他只能写千字文的偏见。

"亲情抵心"，进入难以写出新意之境况。他写的也大抵是对母子、父子，以及为人父之后，对父女亲情的内心写实。这部分文字，作者因内容而变化，有了滞重、朴拙的基调，远没有写风景那般有文采，但因真情的灌注，质朴的文字仍然富有感人的力量。比如写母子情，他因身在乡镇基层，难以分身，为病床上的母亲难以时时尽孝而愧疚。母慈子孝之复杂情愫，不用任何华丽的语言，已尽显笔端。父子冲突，历来是文学作品表达的重要主题。作者用3篇文章，刻画了参加过抗美援朝战争的英雄父亲，复员后自愿回到农村当农民，鹤立于故土的复杂形象——对土地的亲昵、对子女和亲人的简单粗暴乃至暴力、对乡亲们的隔膜，以及晚年虽年近90，仍独自守候老屋、固守土地的倔强。时光的流逝和父亲的年迈，最终化解了父子的冲突。每次临别，父亲暗自抹泪，不仅让作者酸楚，而且也让读者在感动之余，对留守人群的忧思更加深切。正因父子冲突留下的阴影和遗憾，让他有了做一个好父亲的动力。他为人父后，自觉接续了父慈子孝的文化传统，除了对家人的日常关爱，还用文章或书信，与两个女儿沟通谈心，特别是风雨兼程送小女儿上大学之《人在囧途》的深情书写，其情其状，令人动容。

"情满心房"，用2篇文章，记叙与文友们之性情相投。文人相聚，自然离不开酒。在畅饮中，展现出最具个性的文人情怀。他毫无掩饰，放开性情，身心自由，因为"醉的是性情，醉的是吟唱，醉的是心灵交融的欢乐"。文集的第一篇为《风景那头是东林》，作者描述在宣汉文友相聚游东林的过程。我心生诧异，为何会如此编排？宣汉并不是作者的故乡，应该说作者有宣汉情结。读到"人生能有几回醉？跟文人们一起无论哪个场合，醉与不醉我总是不由自主地提及宣汉。宣汉是我前世的情人吗？怎么让我如此时时的牵挂与想念呢"，我这才有了答案。因为那里有一群"淳朴而真诚，热情而好客，多才而有灵气"的文友。余下的篇章，乃是因"诵读之美"结识朋友与彼此欣赏，再有就是20多年后的同学聚会情深谊长的真情记录。此部分虽只有7篇文章，但已显露出作者常怀感恩之心和重情重义的侠骨柔肠。

在"泥土芳香"中，作者一面写身边小事，超出本我，视野变宽，通过对《爱写作的农妇》《如山的女人》之透视和诘问：

"在我们这个不足1万人的场镇，40多个搬运工中竟有30多个妇女！""男人是天，男人是山，男人是'顶梁柱'，这些妇女们家中的男人干什么去了？"体现出一种人间大爱的悲悯情怀。一面深入内心自曝隐私，因胆怯没能见义勇为抓小偷，"我第一次遇到该施展正气时，居然留给我的是刻骨铭心的愧疚"。这些，无疑凸现出作者是一个直率的真人。

最后一部分，田间纵横，有时评，有读书笔记，还有文学评论，既可视为作者尝试文体多样化的努力，又可反映出他这个立体多样的人，是如何修炼并站在低处向社会发出自己心声的。如抽掉这个乐章，虽有利于散文集的纯粹，但有损于作者形象的完整呈现。这远不是批评作者敝帚自珍一句话那么简单。散文是最不能藏拙的文体，"因为一个人的人格思想，在散文里绝无隐饰的可能，提起笔便把作者的整个性格纤毫毕见地表现出来"（梁实秋）。作者如此编选，自有其道理。

言农有一个习惯，那就是在篇末注明写作或发表之日期。这不仅是对自己人生的忠实记录，而且客观地为我们进入他的文字和世界提供了可资追寻的线索。他的写作，大抵分3个时期。

20世纪90年代，1990年至1992年发表于《农村青年》的4篇文章选入集子。彼时，他高考落榜，由于种种原因，没能复读，遂立志要在农村有所作为。"我白天在地里拼命地挥锄扬铲，晚上邻里酣然入梦，我却在土墙木屋里挑灯读书写作的情景，他们谁又知道，白天与他们一样挽起裤脚满身泥汗的小伙子却在暗地里书写他的人生和希望。"可以说，是读书和文学让他敞开了人生的大门，丰富并充实了他的内心。此为他发愤励志，奠定人生基石的起步期。

　　第二个时期，新世纪第一个10年，选入文集15篇，为时评、灾区纪念、自我审视和关于读书的文章。亲情类仅《这个人就是娘》一篇。视野开阔，为文体多样化的探索期。

　　2010年至今，为人生走向成熟的井喷收获期，近60篇收入文集，大多为散文，有少量的读书笔记和2篇文学评论。在这些文章中，我发现读书、写作是他发自内心的生命需要。他勤于读书，只有"雨读"、周日洗车等候间歇的翻阅、火车无座位佯装成卧铺旅客拿出书驱赶饥饿和寒冷的阅读，才会让他的心灵安好。他从一个农村有为青年，到走上基层乡镇领导岗位，得力于读书学习和无功利写作对他的滋养和回报。在繁重的工作之余，他从没忘记人生的修炼。由此，形成了自己稳定的人生价值观："真正的成功是做人的成功，即做一个有灵魂的人，一个精神上优秀的大写的人。"也由此，派生出他的文学观："文学有别于文字的，是温度。凡没有温度的人，必然写不出有温度的文字，无以创作有温度的作品。"温度，即真情的灌注，来不得半点虚假和矫情。有温度，才有悲悯；有悲悯，才有大爱。由此，他走上了散文写作的正途。

　　纵观3个分期，他所留下的足迹，无疑是他一路走来奋发向上、强调生命意义的精神自传。尽管他从未声称自己是一个作家，而是自称为一个离文学有距离的写作者。但在我看来，他是从热爱的土地和家乡报纸副刊上走出来的一个书写真情的散文作家。低调埋头做事的人，自会有水到渠成的收获。因为他将读书和写作，融入于生命，成为一种如吃饭和睡觉那般自然的生活方式。故，他于生命在低处的行走和细语，才会那么动人与多姿多彩。

虽然言农的散文集并不深刻厚重，但却是真心、真诚、真情而至真实的本色写作。真实是散文的命脉，唯其真实，散文才有活力。言农的写作告诉我们，唯有接地气，唯有与时代接轨，唯有书写真实的生命体验，才会让写出的文本超越个体生命的价值，而具有给时代留下个体证词的意义。文章有了独特性，才是真正的活文，才会冲破千人一面、了无新意的窠臼。如果说写作是一种说话的方式，一种个人观察世界、理解生命的视角，那么，再加上真情的表达、敢于发声的勇气，我们才有可能走上超越本色写作的有效途径。因为，决定作品质量的是思想的厚重而非技巧的花哨。言农的散文写作富有潜力，愿他走得更远，更稳健！

　　刊于《达州日报》2018年6月8日第7版"品鉴"栏目

我与《生命在低处》

梁　红

　　《生命在低处》是我放在床头的散文集。我与作者言农相识于网络，那时，他对社团文章的评论引起了我注意，也给我留下了深刻印象。就在这时，言农给我发来他的《生命在低处》书稿，让我提意见。我诚惶诚恐，加之工作繁忙，顿生犹豫，最终出于礼貌勉强答应下来。但我并没有专注地看，而是下班后或闲暇时偶尔读一篇，如此零零散散读完，几天后，我试着说了些"意见"，如"内容单薄的篇章可以删去"，如"少数文章要调整"，没想到他听后很兴奋，再三致谢。后来他告诉我，已删去些篇章，还说经过多人审稿，已经几易其稿，这是最后一次找人"挑毛病"。我惊诧他对我的信任与期待，感叹他的谦虚与真诚，更敬佩他对文学的虔诚与一丝不苟。

　　我第二次读《生命在低处》，是这本书出版后，言农给了我两本书，我当时在外出差。回家后我把一本放在办公室，一本放在床头柜上，用了两天时间读完这本书。我是很少集中时间读完一本书的。掩卷后心情久久不能平静，感觉有一种东西顺着血管流遍全身，我说不清是什么东西，它却让我灵魂震撼，热泪盈眶。许久，我给言农发去了七个字："真！真实！真诚！真情！"我有一种想写读后感的冲动，当时在书页空白处写下这样的文字："读这本书，就是读言农的人格，读言农的心灵，读言农的情怀。从这本书中，我深切感受到了他真诚地对待生活，真情地对待每个人、每件事，真实的活着自己。"搁下笔，我突然无言，深切地感觉到我的任何文字都苍白无力。

我第三次读《生命在低处》，是读了四川省文艺评论家协会会员、大竹文艺评论副主席冯晓澜先生的评论后，便决定再读一遍。如果说第二次是用眼睛读，那么这次就是用心灵读。无论是读他的"润物细语"，还是读他的"亲情抵心"，无论是读他的"情满心房"，还是读他的"泥土芳香"和"田间纵横"，在感受到一种热爱生活、热爱生命、热爱大自然的同时，更体味出一股强大的生活激情和思想力量。他把他的人品灌注文品，又以文品诠释人品，真情中爱憎分明，质朴中沉稳厚重，有很强的感染力和冲击力。

书的首篇是《风景那头是东林》。我反复读了这篇文章，一直在思考言农为什么要把这篇放在首页。人生路上，我们都在欣赏风景，也希望自己成为被人欣赏的风景，我们捧着生命在奔跑，有时在风景外面，有时在风景里面，只有走过风景之后，我们才会真正明白人生旅途不只有风景，风景那头更有值得我们热爱、感恩和敬畏的东西，那就是民族精神、家国情怀。如果说这本书也是一道风景，那么书的那头是什么？这或许就是我们读完这本书收获的最珍贵的东西吧！

这本书可以说是言农20年的人生历程，脚印有深有浅，却始终笔直清晰。做一个思想纯粹的人、情操高尚的人是路标，他一直在这个路标的指引下延伸着生命之旅。他之所以能把路走得这么笔直，与他与生俱来的品质分不开，更与他的母亲分不开。

"每次回家，母亲都要目不转睛地盯着我看，一面端详着我，一面不断地询问我工作上的事。当她知道我为村里修路、为乡亲奔波劳顿时，当我告诉她我引进了一个企业解决当地人就业时，当我告诉她确定的实事正在一件件落实时，她的眼睛眯成缝，脸上满是安详与幸福。"一个身患重病、生命承受着常人难以承受的痛苦的母亲，见到儿子时关心的不是身后事，不是小家的事，而是儿子作为人民公仆为人民服务的工作。有这样的母亲，他的脚印必然不会歪歪斜斜。

言农一边用双脚一步一个脚印地走着，一边用手中的相机拍摄着人间胜景。他没有庸者游山玩水的闲情逸致，也没有俗人那种赏景觅奇的无聊心态。他爱大自然，是内心深处潜藏的一种亲近和依存的情缘。春日寻芳也好，百里竹海览胜景也好，他体味着花草的风采、山的情结、水的血脉、浑厚黄土的雄魄。他用镜头拍摄它们，灵魂里便有了阳光雨露，思想的土壤便活力蓬勃。走过千山万水，沐过四季之风，与他命运一体的依旧是泥土，他由衷地发出感叹：春耕是最美的画。因为在他眼里，春耕是农民一年奋战的"主战场"，他每每看到田块日日变新的春耕场面，对农民的尊重与赞美便从心底涌出。正是他所说，或拍摄、或留影、或赏花，都不足以表达我对这片土地深深的眷恋。这不只是他对泥土和农民的亲近，也是他作为一个人民公仆的情怀、责任和担当。身为基层一把手，心系一方百姓，他希望他的百姓过着安居乐业、安详幸福的生活，院里炊烟袅袅，院旁鸡鸭嬉戏，农人屋后耕田，妇人院内摘菜，这样的祥和景象，如画一般在他心里描绘着。

言农在《我在山坳里等你》说了一句"我是一个多情的种

子"，读到这句话时我笑了。读完全书后，我不得不说他真是一个多情的种子，满腔热情地在人生路上的泥土中发芽生长，开着亲情的花，开着爱情的花，开着友情的花，开着乡情的花，长着四季常绿的大爱之叶，有对工作的热爱，对脚下土地的热爱，对父老乡亲的热爱。花再艳丽，叶再繁盛，根始终深深扎在泥土里，他把这泥土叫作"我们的根"。

《无法弥补的愧疚》文末写了他看到两个亡命徒你死我活地打在一起，他冲上前，夺去一人的刀，站在两个人中间义正词严地吼道："你们谁敢再打！要打先打我！"我突然分不清是在看小说还是在看散文，便微信上问他是不是真的。问过之后，我觉得自己是多此一举，从第一页读到第一百四十六页，他的品质早在文字中凸显，有这样的举动对于言农来说再正常不过了。

如果说20年来他以一粒多情的种子的方式延展着生命的宽度和长度，那么他以一块块砖增加着生命的高度，20年7200块砖竖起来又该是怎样的一种高度？如果说前者是生命在低处，那么后者就是灵魂在高处。"一直以来，总有一种力量让我的内心热血沸腾，那就是对我们伟大的祖国赤诚的深深的热爱，哪里需要哪里搬，如果一声号令，让我去最边远的地方战斗，我定将打起行囊欣然前往。"这是言农心底的声音，他的确是这样，一心想着奉献。人格的力量，艺术的力量，在这些文字中形成一种崇高境界。

《生命在低处》，言农用温和、深情、细腻之笔绘出自己20年的人生奋进、拼搏、奉献图，他把自己的生活投放进自然风光、乡村事务、民生实事之中，使亲情、爱情、乡情在大爱的映射中熠熠生辉，他不为写文而写文，细细品读，有一种东西如春雨润物细无声的方式浸润着心灵和思想。这就是他的书在这个出书人比读书人多的时代，能赢得广大读者的承认和热爱，能引起当地文坛和媒体密切关注的主要原因。

散文是真诚的文学作品，作者倾注于文字中的感情必须是真诚的。言农是一位真诚的作家，真诚得像一个心灵纯洁的儿童。他满腔热忱地投入生活，以诚恳的态度抒发诚恳的感情，写川东自然风光，写《人在囧途》，写《一封家书》，写《如山的女人》，坦荡荡如春风，情切切如花开；《歌唱七月》《痛斥道德沦丧者》《热血涌动激情谋局》，挥洒的笔锋下，涌泻的情感中，崇高的精神境界和纯美的艺术文品融汇成一股股巨大的撞击力，震动人心；《共产党人的"圣经"》里，一种信念历久弥坚，把最高的礼赞以鞠躬的方式敬献，肩负的使命更加沉甸甸；《走过映秀的悲伤和感动》《带上虔诚去触摸汶川》，再次目睹13亿爱心在这里传递和汇聚，那是筑精神于国殇，那是播大爱于无疆；通过他的《劳动是最美之歌》《这里的乡情无水喝》等，我看到了他勤劳朴实的美德和关注民生、情系泥土、心系群众的大爱情怀。20年走来，他无愧于工作，无愧于事业，唯一愧对一个人——《这个人就是娘》。

《生命在低处》研讨会之后，言农收获到了前所未有的喝彩与掌声，一度引起当地文坛的轰动。面对荣誉与赞美，言农始终保持着清醒与理性。在此之后，他产生了更多的思索，寻找创作的新方向。言农的人生路在延伸，生活在继续。他初心不改，执着地沿着自己的路标奋进，在青石板路上、在乡村田野中，抒写生命文字和灿烂篇章！

刊于《达州晚报》2018年8月10日第10版

话说言农及他的《生命在低处》

杨云新

《生命在低处》这部散文集，很值得品味。从作者署名到书名、内容，均唤起我品味的欲望。对于有些书而言，署名、书名、内容是构成文本的全部。因此，品味署名与书名，并没有脱离解读一本书的主题。言农的散文集，就是这样一部书。

这部散文集的作者名叫邓泽章，署名"言农"。透过言农二字，我们的联想立即延伸到了村庄农舍，那广阔的田园风光，向我们徐徐展开。身为基层干部，直接面对基层群众，把文学定位于言农民、言农事，把文学与从政完美地结合了起来，融为一体，让创作植根于沃土，植根于百姓血脉，做农民的代言人，言农是一个具有文学担当的干部，具有公仆担当的文学追梦人。

言农的笔名，让我想起莫言这个笔名。莫者，不也，莫言是尽量不说，或者少说，只是冷静地思考，执着地写作，不张扬，不浮躁。而言农作为一个基层干部，不言不行，多言又不愿，所以把言的空间限制在脚下的土地和基层群众这个范围，守望好一亩三分地，不因文学而耽误从政，也不因工作而忘记文学情怀。

关于书名。许多文集，特别是文学专集，以其中某一篇具有代表性的文章题目作为书名。言农没有这样，而是独辟蹊径，这样既避免了书名与文章题目的重复，又使书名更具有统领全书的功能。《生命在低处》这个书名彰显的意义，与言农这个笔名揭示的追求，是有机统一的。把自己摆在底层，这是谦虚低调的品质，是上善若水的胸怀。老子说："上善若水。水善百利而不争，处众之所恶，故几无道。"水总是甘居低处，把高处让给其他，但却福泽万物。水至柔，而具有最大的包容性，具有高尚的品质与气度。

我时常在想，作为一个乡镇干部，也是两三万人的领导。少有这样的领导，乐于把精力用在接触和关注文学上。初唐四杰之一的诗人杨炯有诗曰："宁为百夫长，胜作一书生。"当然杨炯并非轻视书生，而是指在国家和民族需要的紧急关头，书生应当带兵捍卫国家和民族的安全。言农先生在不断地转换角色，工作时间"宁为百夫长，胜作一书生"，恪尽职守，把工作干好。"泥土芬芳"那组文章，我们直观地看到，他歌颂坚强的农夫农妇，自己也躬身向下，听民声，察民情，解民忧，不由使我想起孟浩然的诗句："开轩面场圃，把酒话桑麻。"而在完成任务之余，则重新拾起创作的妙笔，进入书生角色，真可谓"上马击狂胡，下马草军书"。他的从政体验与收获，自然也成为创作素材，取之不尽。

言农的散文不仅涉及"三农"，而且涉及其他领域，既涉及亲情、友情、爱情，又涉及山川风物；既涉及对家国情怀的歌颂，又涉及对人生哲学的思考；既阐述阅读经典的思想升华与知识提升，又赞美献身艺术的追求与快乐；既倡导超前的理念与时尚，又不忘传承中华民族的传统美德。其中涉及感恩的散文，占较大比例。他重情重义，初到宣汉东林，陶醉于东林世外桃源般的山水，被东林热情好客的文友和干部群众所感动，与这里结下难结的情缘。他数次重返东林，写出歌颂东林激情澎湃的文字。他写感恩父母的文章，令人震撼与沉思。细数父母养育自己成长的点点滴滴，情真意切，直抵我的灵魂深处。在这些文字中，我能深切体会到，父爱如山，母爱如海！母亲身患重症，他从繁忙的工作中挤出时间，陪伴母亲，让母亲在生命的终点，感受到儿女的孝顺。

言农的散文不仅题材广泛，而且具有思想，技巧也趋于成熟。他运用的是比较纯粹的散文语言，那种说教式公文式的语言，已经被尽量地避免。他用优美的散文语境，营造出一种意象、氛围、韵味之美。《春日寻芳》里有一段："女士们心花怒放，亲吻着花香，摆弄着姿势，与风一起飞舞，与花一样迷人。"一个"吻"字，给没有形状、没有颜色的花香，赋予了形态，让人可以抓住，可以拥抱，可以亲吻，也赋予了色彩，愉悦读者。吻花这个动作，本是人在动，可是却分明让人感觉到了香有形，如春风杨柳婀娜多姿。"吻"字让周围的静物灵动起来，与人达到水乳交融的效果。瑰丽的语言，珠玑的文字，俯拾即是，这里不多引述。

事实证明，从政与为文，完全可以兼顾。鱼和熊掌，可以兼得。自古以来，有不少这方面的典范。苏轼主持修建了功在千秋的苏堤等，也创作出了不少的千古绝唱。只要从政心中有百姓，为文有文学担当，跳出个人名利得失的狭隘，就一定能够做到从政深得民心，为文风生水起。

刊于《川东文学》2019年春季号

至情至诚写岁月

——评《时光留痕》的"三感"

蒲建国

言农又要出书了！初听此言，我有些不相信，他的第一部作品集《生命在低处》出版距今不过三四年光景。然而五十余篇书稿真真切切摆在面前，我不得不佩服其笔耕的勤奋和才思的泉涌。

我与言农熟识于2008年一个春暖花开的日子。那时他在达州市达川区一个李花漫天的偏远乡任乡长，职责所在，他一心想做大做强当地的青脆李产业，托付我采写一篇新闻稿件，扩大青脆李的知名度和销路。

印象中谦逊低调的言农一直待在基层从事党政管理工作，发表过一些豆腐块新闻和小言论，压根儿没想到日后他会转向文学，而且在文学这条道路上越走越远，居然出版了两本作品集，还加入了四川省作家协会，让人刮目相看。

网上流行一句话："如今自诩文艺青年的人，很多是文艺的消费者，而非创造者。"言农既是文艺的消费者，又是文艺的创造者。从乡长、镇长到镇党委书记再到小有名气的作家，言农的另类行为和华丽转身曾经引起我的好奇。政务缠身、千头万绪的行政工作与闹中取静、阅读创作的文学爱好，他是怎么实现"动"与"静"的平衡的？是怎么解决本职工作与业余爱好的时间冲突的？原来，他把别人用于享乐的时间都用在了文学上，出差车上放着书，办公室里摆着书，回到家手不释卷，不时还圈圈点点进行批注，阅读写作到凌晨两三点更是其生活的常态。

"读书破万卷，下笔如有神。"可以说，是忙里偷闲、好学不倦成就了他。天道酬勤，我曾经和他开玩笑："你是达州市300多个乡镇党委书记中文章写得最多最好的！"

岁月如流，文字留痕。作品集《时光留痕》恰如其名，收录了近年来言农在工作生活中创作的散文、评论、书评、札记等，内容涉及山川形胜、民风民俗、心灵情感、时事评论等。从这些绘景、记情、写人、思辨的文章中，我们能够看到一个热爱生活、内心阳光的大巴山男人形象，触摸到一个感情丰富、有血有肉的饮食男人的脉脉温情，感受到一个不怨艾、懂感恩、满满正能量的堂堂正正干部形象。

言农从"生命的低处"一路走来，博闻强记，案牍劳形，我欣喜地看到其散文日渐成熟。早年间，其散文选题面窄，语言平实，文采不够，多是千字短文。不经意间，其写作思路逐渐开阔，技巧日益娴熟。无论是文章选题还是稿件架构，无论是技巧内容还是感情色彩，都有了长足的进步。大体上说，言农的散文具有美感、质感、情感三个方面的亮点。

先说美感。散文过去被称作"美文"，这是有道理的。语言是散文的重要组成部分，这种美首先体现在语言的雕琢上。干瘪的语言会使文章索然无味、死气沉沉，只有优美的遣词造句才能创造出优美的意境、生动的场景和阅读的乐趣，才能使文本鲜活而不呆板、多姿而不平淡，从而表达出美好的思想、美好的情感、美好的体验，带给读者畅快愉悦的享受。

言农散文的美感多体现在游记作品中。比如《行走巴山大峡谷》一文，他用细致的观察、独特的体验、恣肆的笔触、优美的语言，描绘大巴山的山水奇观："巴山大峡谷的魂魄是山，是水。最为神奇的是峡谷深处，呈现一幅气势恢宏的水墨画，几座山的侧面岩石，仿佛是一张张画纸，岩石上随性生长的植物，或粗粗细细的蔓藤，点'墨'成画，无人能及。""浑然天成的钟乳石千姿百态，有的像可爱的小动物，有的像和尚化缘，有的像恋人相依，栩栩如生，惟妙惟肖，被赋予'千年吻''猴王救子''天门揽月'等贴切形象的美称，让溶洞成为万年时光中的鲜活世界。"

这些生动形象、文采摇曳的典雅语句，在其游记中比比皆是，并没有堆砌辞藻、哗众取宠之嫌，反而以其描绘的美感、修辞的实感、语言的动感和视觉的画面感，勾勒出巴山大峡谷山奇、水秀、物趣的风貌，将读者带入身临其境的境界，从而获得美好的阅读乐趣。

还有他写冬荷："让我怦然心动的，是这些枯萎的茎，折的折、弯的弯，或折而不断、弯而不曲，或竖直不倚，或偏倒斜向，无论是歪的、偏的、倒的、直的、折的，都像一个个生动有趣的符号，或像五线谱上的音符，音乐一般在田间跳跃，好似跳跃在我心里。"我惊叹于作者观察得细致，善于抓住景物不同形态的特点，善于采用比喻、通感的修辞手法，写出了冬荷的神态气韵，如珠妙语让人拍手称快。

再说质感。我向来不大喜欢过度务虚的散文，人事景物的叙写、情感的抒发、观点的议论，都需要有实实在的内容作为着力点和支撑点，否则，散文就是轻飘飘的无病呻吟，空洞而无物，浅薄如嚼蜡。散文的质感，通俗地讲，就是要有血有肉充满人间烟火，厚重细腻凸显生活底蕴。

叙事性是中国散文的传统。有的作者写散文，平铺直叙，毫无波澜，单薄小气，难以脱俗。主要的原因就是作者缺乏生活的深度、思想的高度和精神的力度，不善于发掘深邃的情感空间，关联的厚重内容以及万花筒般的生活场景、典型细节；文本写作囿于小情绪、小故事、小景致、小片段，不能发散思维、纵横捭阖，显得小家子气，就像现在微信朋友圈普遍存在的肤浅的"断章式"即兴之作，文笔虽美，但是了无生趣。

纵观言农的散文，他通过多年的写作实践，渐渐摸索出了一些门道，善于把握人事景物的特点，充满生活情趣，内容深刻厚重。例如他的《冬荷》一文："记忆中最好玩的是少儿时的盛夏，我与几个玩伴光着上身和脚丫，顶着炎炎烈日，在生产队的荷塘边'闲逛'，眼睛却像子弹一样搜寻谢了花的莲，待四周没人时掐断'目标'，藏在手腕旁迅速往玉米地里闪去，然后围坐在桐树树荫下，你一粒我一粒地抢着吃。嫩脆、清香，吃完，又大模大样地返回。每个人折断一枝碧绿的荷叶，顶在头上，像童子军一样齐刷刷地走在大路上。荷塘边上的荷花、荷叶、荷茎被毁得面目全非，大抵就是这样被糟蹋了。"这段文字，景中穿插儿时趣事，通过肖像、细节、行为描写，写出了少年儿童可爱顽皮的天性，增加了文章的趣味与质感，这比那些辞藻华丽单纯描摹状物的语言更有生命的活力和文字的张力。

还有《万源看雪》中关于寒冷的描述："空气是硬的，吹在脸上，生生地冷，没有一点柔情或商量的余地。"一个"硬"字，胜过多少关于寒冷的惯常描绘；"没有一点柔情或商量的余地"，更是以拟人的手法和富于质感的语言，形象地道出了八台山的天寒地冻，给人留白的想象空间。

而接下来的文字，则以"我""妻子""孩子"的生动表现，具象了寒冷中的众生相："我似乎没穿内衣，后背灌风，身子打着冷战。老婆说她脚趾麻木，手指不能弯曲，我教她用脚趾走路、教她跳跃，自己两只手不停地揉搓，口中不停地呼着热气。同行的几个孩子脸被冻红，鼻涕直流，却没有畏缩，勇敢地像欢快的兔子在雪地里蹦蹦跳跳。女士们则像裹在套子里的人，口罩把脸都遮住了。脸是女人最美的地方，口罩遮挡了女人的漂亮，哪有什么风景和风情？"

散文作为最亲民的文体，很大程度上是因其能够与读者产生情感上的共鸣。真情，是散文的灵魂之一（另一灵魂是思想）。散文理论家林非把"真情实感"定位为散文创作的基石，甚至提升到"本体论"的地位。一篇散文如果没有真情实感，那就"好像是出了气的烧酒，一点味道都没有"。言农的散文，无论是游记，还是有关情感的题材，抑或是评论、札记，无不带着浓浓的感情。人生的喜怒哀乐、世相的光怪陆离，针砭时弊的酣畅、审美情趣的展陈，在他的笔下，无不至真至情至性，打动人心。

例如《成都雨》这样写思绪的飞扬："深夜的思绪是最容易飞奔的，像野草，像风筝，天南海北地跑。想念就在这美好的意境中展开。突然想起一个作家说过的话，女人、烟和酒，是男人的最爱。我想这是千真万确的，每个人的心里是不是都装着不想让人知道的秘密？而我，脑海深处牵出一些模糊的印象，万水千山之外，修长的、苗条的你，是不是正在关那扇灌风的玻璃窗？或者也在窗前聆听雨的声音？你那一身粉红色凉衫、黑底白点的短裙一直在我眼前晃动。或者，你正坐在台灯下把这绵绵雨丝敲成诗行。可是天山之外下雨了吗？天不告诉我。"作者以优美舒缓的笔触，将飞扬的思绪引到对远方友人的牵挂与思念上，设想友人正关玻璃窗，或是窗前听雨，又或是敲诗成行，读来满纸温情。

还有《为父亲做饭》一文，作者这样写孤独倔强的老父亲："我一个人在厨房忙活起来，烧水、宰鸡、褪毛、火舔……父亲就像一个孩子，时不时来厨房观看，跟我说着话，我感到从没有过的温暖遍流全身。如果父亲多些这样的温情和柔软，多些'听从'，怎会如此孤单？我悲从中来。"寥寥数句，不煽情不做作，字里行间饱含对父亲深沉的爱，同时充满难以言说的无奈和忧伤，十分感人。

言农的游记散文和亲情散文，是这本书的亮点，已达到了非常成熟的水平。当然，由于高产，也有一些篇目的写作质量有待提高。我相信，随着其阅历的增加和生活的沉淀，以及文学知识、写作技法的积累，他一定能够在文学园地有所成就。